[葡萄牙]赫莉娅·科雷亚 著／周宁 译

战斗中的舞者

南方出版传媒 花城出版社
中国·广州

图书在版编目（CIP）数据

战斗中的舞者 /（葡）赫莉娅·科雷亚著；周宁译. -- 广州：花城出版社，2022.3
ISBN 978-7-5360-9542-7

Ⅰ. ①战… Ⅱ. ①赫… ②周… Ⅲ. ①中篇小说－葡萄牙－现代 Ⅳ. ①I552.45

中国版本图书馆CIP数据核字(2022)第026765号

合同版权登记号：图字 19-2021-220 号
Copyright ©2018 by HÉLIA CORREIA

出 版 人：张 懿
责任编辑：欧阳佳子
技术编辑：凌春梅
装帧设计：姚 敏

书　名	战斗中的舞者
	ZHAN DOU ZHONG DE WU ZHE
出版发行	花城出版社
	（广州市环市东路水荫路11号）
经　销	全国新华书店
印　刷	佛山市迎高彩印有限公司
	（佛山市顺德区陈村镇广隆工业区兴业七路9号）
开　本	787毫米×1092毫米 32开
印　张	6　1插页
字　数	60,000字
版　次	2022年3月第1版 2022年3月第1次印刷
定　价	45.00元

如发现印装质量问题，请直接与印刷厂联系调换。
购书热线：020-37604658　37602954
花城出版社网站：http://www.fcph.com.cn

比起计划,人们更需要一份希望。
而希望则要有个名号。
他们编造不出这个名字。
但它存在。
它叫欧洲——理想之地。

译者序

赫莉娅·科雷亚1949年出生于葡萄牙首都里斯本,她从少女时代起就在报刊上发表诗歌,但后续以小说及戏剧写作为主。赫莉娅·科雷亚获得过多项文学奖,其中2015年获得的卡蒙斯奖是葡萄牙语文学界的最高奖项,让她获得了广泛关注。

出版于2018年的《战斗中的舞者》是赫莉娅·科雷亚的最新作品,这部作品选取了近年来被广泛讨论的难民问题作为主题,并融入了作家写作生涯中持续关注的其他话题,如女性处境、身份认同等。赫莉娅大学时期的本科专业是罗曼语族语文学,硕士专业则是古典戏剧,对语文学和古典文学的研究再加上她对诗歌写作的涉猎,都使得她的小说也带有一种独特的文字气质。正如赫莉娅所说:"诗歌必须总是在场,因为我对文字的力量近乎服从。"

《战斗中的舞者》以接近诗歌的语言,接近戏剧和寓言的形式讨论了当下社会的热点话题,融入这本小说中的诗歌、戏剧以及《圣经》故事元素也许会给读者带来多角度的"错位感",但正是它们让这部作品在诸多纪录片式的历史小说中显得如此特别。

《战斗中的舞者》在开篇之前便引用了尼采的诗歌,随后又用散文诗般的语言铺开叙述背景,把故事缓缓引入。在故事的讲述过程中,高度诗化的语言依然随处可见,比如赫莉娅在描绘沙漠禁城的外观时写道:"它像是由星辰化成的煤炭构成,这是一种不牢固且令人悲伤的材料。毒液在它的表面闪耀着,让它仅用外表就足以反驳。"在小说的结尾,作者又一次选择了诗歌做最后的谢幕。

小说中的戏剧性也处处可见,人物在做重要

的发言之前会做出特别的动作和手势,作者有时还会强调他们发言时身处什么样的"舞台"上或是如何行进,并描绘出他们的声音听起来如何,对这些细节的描写使人物的话语脱离了日常和平庸,也使人物脱离了个体性,成为某个族群的代表或是某种象征物,被高举到舞台之上。在小说的末尾部分,拉米的出场是个很好的例子:"他突然用手推开身边的人,开辟出一条自己的路。以绝对的重音对围着他的人们呼喊。他的嗓音还是个少年的……"说到拉米,还有必要指出,小说中两名儿童——拉米和埃兰德——他们的话语也是成熟且富有戏剧性的,埃兰德就做出过这样的预言:"动物们会在前面那里喝水、吃草。有些是长羽毛的,有些是长毛皮的,我们可以杀掉那些漂亮的动物。快去准备绳子做弓,再找些尖头的木棍,把尖头用火烤硬,把你们的匕首在石头上磨利。我们再也不用在蛇爬过的痕迹上爬行了。我们重新变成了自己的祖先,我们是山上的猎人。"这样的话语听起来完全不像是出于儿童之口，但我们不应以现实主义小说的标准来度量这本小说，因为它打一开始便是寓言的、神奇的、富于戏剧性且夸张的。

《战斗中的舞者》里出现一些对《圣经》故事情节的复现和再演绎。比如，《出埃及记》中的以色列人都失去了自己的家园，在沙漠中苦苦行进，最终寻找到应许之地。然而，这本小说中的行者却没有到达他们理想中的欧洲，他们在沙漠中面对生存危机时也并没有吗哪从天而降，资源的匮乏和自然环境的恶劣随时会把人贬黜到与动物无异的地步。

除了生存危机，行者所面对的还有身份危机。如果忘记了属于自己的"故事"和"历史"，迎来的就是身份层面的死亡："由于缺水，他们既迷茫又蹒跚，逐渐不再意识到自己是在有目的地行进。总有一天，当他们醒来时，会发现自己已经不知道被丢在身后的东西是什么。于是，艾雅娜说道：'孩子们必须得听些故事，不然他们会死的。'"除身份认同问题之外，女性处境也是这部小说的讨论重点之一,然而发人深省的是,女性为自己发声并越来越多地赢得权利的过程与行者身份认同淡化(或说忘记传统)的过程似乎是同步的:"他们甚至不再记起男性主导的等级制度。唯一被接受的优先制度基于年龄,仅此而已。当这一制度也被抹杀的时候,他们就会变成完完全全的欧洲人。但他们并不知道这些。"维护女性权益和保护传统之间是否存在本质性的矛盾?该如何选择,或者如何维持两者间的平衡?作者并没有给出答案。

在阅读的过程中我们会发现,作者在叙述过程中把问题一个个抛出,然而直到故事结尾,几乎所有的问题都没有得到明确的解答,我们迎来的是一个笼罩着一丝悲伤但又完全开放的结局。也许此时,我们该把目光从书中的寓言世界移向更为广阔且复杂的现实世界,行者将何去何从,只有公正且一路向前的时间才会告诉我们。

荒漠在生长:苦啊,怀藏荒漠者!
石头跟石头嚓嚓作响,荒漠狼吞虎咽。
硕大的死神发出灼热而褐色的目光
正在咀嚼,——他的生活就是咀嚼……

被快乐烧毁的人呵,别忘了:
你——就是这石头,这荒漠,就是这死亡……

引自尼采《酒神颂歌》(孙周兴编译版)

那飞行之物甚至没有足以投射阴影的厚度。它的经过只是为已成灰色的沙子增添些许悲伤罢了。它是回忆。苍白的回忆,从脑内迁出,如此纤细,如此病弱,甚至无法被触碰,最低限度的触碰就会使它坠落,摔得粉碎。它的名字会变为遗忘。而遗忘会将一切遗忘。

老人们说，不要向后看。永远，永远不要向后看。这就是战争和其他死亡方式的区别。有时候人们说再见，有时候不说。在战争中，人必须把其内部之物像石头一样抛向前方。每个人都会成为自己的石头，于是就没有了饥饿，没有了寒冷，没有了恐惧。石头就是奇迹。

把这些前行者看作被放弃的存在、缺乏人性的存在吧。瞧瞧他们的脚，能看到的只有防御性的厚皮，只有肿胀和污泥。这些脚曾跳过舞吗？曾踩过棉质的地毯吗？曾被亲吻过吗？哪怕一次。

他们没有首领，为数不多的成年男人已不再争夺权力了。浪费如唾液一般，如血管的鼓胀一般被贪婪地产出，愤怒将它们从机体中夺走。如何统管，统管什么？还不如等盲眼的努鲁——他的名字意思是"盛光"——用鼻尖指出个方向，辨出些微软骨腐烂的味道，或是心心念念的泉水的气息。他们很清楚，目的地是海和海的彼岸。但他们甚至不问如何跨越大海。

没有人会在看到天堂之门之前就询问如何将它开启。

饥饿的羞辱比奴役更甚,塔里克想。他时而看到蛇追着孩子,时而看到孩子追着蛇,旁观的人对这些小脚的敏捷投去艳羡的目光。他们只想从猎获之物里分一杯羹。在白天旅途中的某刻,人的心胸变得狭窄,无法再同时容下更多事物。或是渴望食物,或是忧心孩子们的生命。蛇肉味美,但不够所有人吃。母亲们尖叫着抓挠企图靠近的人。在被手送到嘴里之前,蛇流着血舞蹈。

塔里克只是用他完好的那只手拿着手杖,把蝰蛇从孩子们身旁赶开。他是个懦夫,即使是被他从毒蛇口下救出的孩子也会从他身上移开目光,把脸转向另一边。

无家之人待在圈外，而聚在一起的人们，也并无血缘关系，让他们亲疏有别的只是共同遭受过的苦难。他们记得分娩和殴打，记得曾被火炉烫伤，还有持久到离谱的痛苦，以及由于进展不顺而被拿来开玩笑、挖苦的尝试。无家之人没有这样久久存留于脑海，如气味般易于辨认的精神创伤，未曾经历过这样的嘲笑，也没有从扫过的地上放着的碗里抓起过食物。

他们保持距离，暗暗地、灵活地移动着，施展双足的技巧混入其中。

老人不得不承认自己已经瞎了。在抱怨声和粗重的呼吸声的指引下，他还能前行。但剩余的面包和根茎根本吃不饱。他碰触着蹲下的人们。

"把我带到蝎子窝边上吧。"他说。他想快点死去。

但要寻找蝎子窝就得折返，得绕路，这是不合时宜的不必要之事。没有人听他说话。人们发现他的眼睛发白，怕他会施诅咒。

于是人们走得更快了些，让话语追不上他们。老人还在抛掷想象中的石头。"至少把我带去阴凉处。"他说。但是，途中没有阴凉的地方。

塔里克开始折返,逐渐靠近老人,但又不让行者们消失在他的视野中。"我要把你变成我的父亲。我会照顾你。"他干巴巴地低声说道。塔里克搀扶着老人,并非因为善良,而是为了拥有一个与自己相连的人。

　　他叫老人努鲁,意思是"盛光"。而努鲁变成了一个好向导。

人们可能会因为逃过了巨大的危险就改变了性格。这就好比有人弯下腰在沙子上描画出寓言,因舞蹈突然间给予他的文采而惊讶一样。

甚至连风也和雨的沸腾有些许相像,而天空则变为窄屋之顶,小小的啮齿动物掉落在人的肚皮上,安抚着他们。

所以,如果一个已经眼盲得不行的老人突然有了儿子,他甚至不会发问,也不会感激。他的感知力像野兔一样飞奔,足以带大家找到叶片锋利的丛生植物,也许这样就能解除他们的焦渴。

于是,盲人努鲁把手伸向自己的儿子。他

以最惊人的方式扭曲着言语,说着话,人们的注意力都到了他身上,他就像是被讲述的天赋支配了,从山上滚落一样。

"**在**大海之前，"他说，"有些土地上铺满了如嘴唇般鲜红的小果子。和你们的嘴唇不一样，它们像小女巫的嘴唇。那么地美味，如果有谁碰到了它们，就会永远失去傲骨。每一天都会有一只动物自杀，因为它看过了所有想看的；飞翔了所有的飞翔；跳过了自己的舞蹈，在生存的巨大考验下颤抖过；繁衍过自己的幼崽——幼崽们长大了，巢穴就容不下它们了，再长大一些，家庭的分享对它们来说就不再足够；活过了自己轻快的时间；获取了自己的份额，在某种意义上滥用了它，因为滥用完全是自然的；最终它躺下了，最后一次感受到痛苦，最后一次感受到自己的皮肤、自己的肉。然后有人会以它已经不记得自己给予过的东西为衣食。"努鲁说道。

他突然在目盲之中变得机智狡猾起来，他能听到思想，能感受到整个造物之内的加速和减速。塔里克救了他，努鲁本该充满感激，但他却更喜欢用想象来做坏事。

日落之后，肉体都被关在磨损的斗篷下面。最后一丝落日余晖映照着粘在布料上的小小沙粒，像是给布料镶嵌上了金质的尘埃。

这是火变为冰的时刻，是白日之恐惧变为夜晚之恐惧的时刻，呼吸的工作也轻轻地下交给腹部。

人们把锅放在夜露之中，这样到了天亮时分，在先于白日到来的绿色光芒中，他们就可以饮用储存在锅底的纯净露水了。

努鲁白天的时候首次开口说了那番话。于是，当人们为了夜晚的到来遮盖好自己，把袋子和孩子放在腿间之后，一场愤怒的舞蹈如波涛般搅动着他们的铺盖。

"我们见过奇事,"他们嘟囔道,"挤满广场大声叫喊的人,几分钟后就躺在了地上,死了,和死了八天的尸体一个颜色。不管是子弹、匕首、弓箭,还是毒药,都没有碰到过他们。老人家,在您还能看见的时候,您见过这般奇事吗?您看到了这战争就像鬼魂一样,就像巨神的天使一样吗?这惩罚天使把自己的能力卖给了掌权的人。您为什么要来和我们说些不存在的地方呢?闭嘴吧,老人家。即使您被塔里克认作了父亲,也得闭嘴。即使您被塔里克这个逃兵认作了父亲。"

努鲁感觉到想入睡的人们翻动着肩膀,他害怕了,他决定再不和别人说起自己盲人的视像。寒冷来袭,他不知道怎么办才好,只是站着,摇晃着。

于是塔里克用自己完好的那只胳膊推着他,让他坐在自己的双膝之间。虽然他们现在已不是无家之人了,但还是处于外圈。

和往常一样,在这个早晨,有一件斗篷失去了内容,改变了名字。

从某种意义上说,它也失去了双腿,因为它再也不会去向任何地方。

现在,这件斗篷叫作裹尸布。

曾经,人们会做一个环抱尸体的圆拱,象征着尊重和敬畏。只有最年老的女人们会过去,她们都因损耗变得神圣。于是,她们就都带着自己那实际的、干瘪的爱做着该做的事。她们已经太老了,甚至不再有因叛逆的冲动而渎神的危险。她们的手被炉火烤得坚硬,她们的路不通往心。

但在沙漠里,甚至连做这些都没有时间。

人们把斗篷掀起来，发现它已经改了名字，然后就看到了死者，如此之小，甚至让人觉得她是出于体贴而缩小了自己的体积，为了多减轻些重量，也为了只占一个小小的墓穴。

在这个早晨死去的是伊娲，她的孩子之前就已经死了。照顾她的是她的一个表妹，她一边用斗篷包裹着伊娲，一边说道："她比死人死得还透。"但刚说完就怕有人会指责这话。

然而，所有人都觉得这样就少了一张吃饭的嘴。因为有斗篷，人们不去看别人的眼睛。表妹带着伊娲的袋子，回忆的琐碎之物轻微作响。那样的响声会让盗贼失去兴趣，因为它并不像金链子的碰撞声一般有力。

塔里克说道:"你的话在羞辱他们,就像啐在他们脸上一样。"他指的是努鲁描述宜居地的那番话。努鲁并不想反驳自己的儿子,他如此年轻,刚刚成人,刚刚能够为自己辩护。努鲁闭嘴不言,尽管这颇费力气。

那一天,他们只前进了很短的距离,有些人甚至怀疑有魔法把他们困在了原地。他们都因这小小的下葬而疲惫,都因这下葬给他们带来的轻松而疲惫。还会有更多的、越来越多的坟墓等着被挖掘,他们这样想着。

由于缺水,他们既迷茫又蹒跚,逐渐不再意识到自己是在有目的地行进。总有一天,当他们醒来时,会发现自己已经不知道被丢在身后的东西是什么。于是，艾雅娜说道："孩子们必须得听些故事，不然他们会死的。"

只有离她近的人才听到了这话，因为她的声音没有穿透力。而他们一听到这话也都走远了，怕这老妇的谵妄会追上自己。

她被叫作艾雅娜，意思是"恒美"，她的美确实比一般人持续了更久。但之后却在一瞬间变为丑陋，就像高楼坍塌那样。

当她的儿子离开家时，她觉得事情从来就是这样的。男人们就是更爱枪管，胜过女人和幼崽，胜过父母的遗产。艾雅娜错了，女人们总是会错在这种事上。

他们并非带着热情去战斗。甚至连混乱和尘土也不会认为英雄主义的理想形象用自己温热赤裸的女性手臂远远地对他们招过手。他们战斗，因为战争像一条狗在路上追上了他们，撕咬着他们。

曾几何时，那战斗中的男人还是个医生，或者是个工程师、清洁工；曾几何时，他们还在市场上叫卖，而第二天就不再是第二天应有的样子了。所有未来的日子都在一只巨大的研钵里颤抖。如果说有些人还在瓦砾之中寻找遗迹，另一些人则看到自己的皮肤瞬间改变了颜色。

他们都变成了被追逐的公牛，变成了獠牙长长的野牛，挖掘着地面。用他们浓重的、饱受折磨的影子遮蔽一切。

所有人都知道那是人类的事务之一，不过就是屠杀，最大的困难在于选择派别。因为仇恨是简单的。它存在于每个人之中，如饥饿的胃，是彻夜鸣响的器官。

战争不允许家庭的存在，他们要将家人置于安全之地。有人承诺会让他们的家人安全，会把他们带去一片罪恶但富饶的土地。在危急时刻，人们无法要求更多。

艾雅娜，包括她的儿媳还有孙子们，都与艾雅娜的丈夫和儿子不太对付，这就让丈夫和儿子的选择变得极为困难。艾雅娜保留着他们已经脱离的东西。在黄昏时最危险的几个小时里，她把孩子们赶到路上。她在被爆炸轰击到的院子里的石块之间蹒跚穿行。

她说，他们的房子是由于奇迹才没有被毁掉，而他们却只摆出一副不知感恩、缺乏信仰的样子，他们只是离开。

在带他们去海边的向导凭空消失的时候，艾雅娜叫得比其他人都凶。她因儿子的渎神而尖叫，也因丈夫把他们赶出家门而尖叫。她总是能预见不幸的结局，而这结局之所以存在，是因为她叫得还不够多；是因为她抓得还不够狠，没有到出血的程度；是因为她没有像把爪子深埋下去的动物一样保持不动。

"房子烧了，人都死了。已经没什么要证明的了，我们还在这里考验自己，是为了什么？"她说，"上帝在屋顶歌唱。这世界上，再没有别人了。"

艾雅娜的一个孙子死于感染，她去照顾儿媳。儿媳是个长相令人眼馋的胖女人，她在斗篷下摆动着自己丰腴的肉体。一开始，她时不时打着出卖肉体的主意。之后，由于虚弱，她怕人们会来夜袭。

她要求婆婆保持清醒，不要让人靠近自己。当她和婆婆在丛林里搜刮残余的时候，她的儿子被荆棘刺伤，之后便死去了，她因此一直怪罪婆婆。

这个女人天生便有着过分的丰腴茁壮，她只消耗自己，但即使这样，也几乎没有瘦。这一点让人们给予了她特别的对待。她活下来的那个儿子有着闪亮的双眼，就像是蒙了一层液体黄金似的，因此领受着不当有的关注。人们跟在他后面，都想去找那个因为不需要食物而逃脱了第一重奴役的女人。她看着人们目光中的觊觎，区分不来——因为确实无法区分——普通的淫猥表情和对袭击机会的观察寻找。

她把所有让自己不安的事物都和自己的婆婆联系在一起，但同时又要求婆婆的保护。年龄是相当公平的，艾雅娜一定会先死。儿媳想要的并不是婆婆的死。她只是想要公平，抽象层面上的公平。

为什么逃跑？艾雅娜问。

曾经她知道答案，但现在已经不知道了。因为她并不只是逃到马路中央，把自己交给烟尘，像是相信味苦的草药汤一样去相信这烟尘。草药汤经常是致命的，但有时也能让人重获生机。没人能确知到底会怎样。

因为她没有躺在臭水沟里，像个被死人环绕的死人一样，呼吸着，但肉体却因年老而不再温热，胸腔没有起伏，纹丝不动，甚至血管都因被欺骗而失去充盈，只像小鸟的脉搏一样跳动，不为肉眼所见。

没错，那个死去的孙子一定曾在他母亲的耳边密语着，挑拨她，教给她复仇的微妙，那孩子已被死亡清空了善良，变得邪恶。

"且令她迷失，令她被正午之息灼烧；令她跌在沙中，吸收沙之炭火；令她痛苦地行至我前，生命从她处流至于我。"

艾雅娜想，战争最邪恶的部分就在于孩子的憎恨，她只能在想象中听到它。孩子的母亲也能听到这憎恨，它的坚持将使她服从。终有一天，当曾被命名为恒美，如今却因丑陋的重量倾身向前的老妇醒来时，将发现身边已寻不到一丝人性的痕迹。

她问："我看得到自己的未来吗？当我们从城市中逃离的时候我看不到，在战争之蛇伴着第一束日光发出第一次咝咝声时，我本应躺下，等着靴子和马车从我身上碾过。我本应躺在臭水沟里，直到所有的声音——飞翔之声、风之呼啸、所有曾是而已不是的事物破碎之声——都归于平静。"

她想:"即使这样,战争还是要很久才过去。"

它追着穷人们,追着四五个非常瘦小的穷人,他们住在树干里,能钻进孩子都钻不进去的小门。

比士兵还危险的是乞丐,他们行走在老鼠之前,混在人群之中,装备着屠杀的工具,装备着狡猾,还有一种能像污水一样在石块间流动的能力。他们寻找被砍下的手、像果园中的果子一样掉落在地的紫色脖子,他们寻找所有对他们说着"我闪闪发光"的物件。

他们切骨头、墙壁、木头,也切活人的指头和喉咙。他们看到灰烬里还存有火焰的余温时也会起疑。

从穷人那儿逃脱很难,因为猎物就算死了对他们来说也没什么所谓。假如那些掠夺的手成群地扒弄着她,翻找被藏起的物品,也许艾雅娜无法压抑自己的哀鸣。他们寻找丝绸、护身符、金牙，寻找大医院给老人们安装的金属髋骨，寻找少年们损伤的腿。这些少年自以为是战士，却不懂逃跑和攻击，他们不该被称为孩子，也不应被称为士兵。

艾雅娜想："当啮齿动物到来时，我就已经是胜者了，没有恐惧，也没有未来，因为是未来在灵魂里制造恐惧，而灵魂——是幻觉制造灵魂。"

假如艾雅娜能忍着寒冷不睡过去，整夜在儿媳和孙子面前保持清醒，那么她就会用自己双眼的光辉来守卫整个营地，但她睡着了。艾雅娜，人们口中的老妇，虽然她还不到五十岁，但已经开始失去对肉体的掌控了。在正常情况下，现在这个时间她会坐在自己的位置上，和家畜一样的颜色、一样的大小，她和它们的食物都一样放在地上。与此同时，在她的叹息声中，家人们都会注意去听附身她的智者以深沉绵长的声音说出的话语，这智者只在人的身体已别无他用时才会附身上去。

在正常情况下，她可以休息，可以毫无理由地哭泣。这是一个女人能拥有的最大的奢侈品。

艾雅娜听到了窸窸窣窣的声音，她被吸引了。如果她完全专注于自己的家人，就不会被吸引。但既然她已经恣意地去想象，把自己交付给落叶归根、死得其所的幻想，那么就拥有了一定的自由。她从睡觉的地方艰难地起身，因为她的双膝都嘎嘎作响，而且有种窒息感让呼吸变得相当费力。

月光皎皎，老妇首先自问："为什么，为什么月光会闪耀？"也许他们应该晚上行路，那月光的双臂能把他们从坟墓里架起，让身体变得十分轻盈，像没有质地的布料——光的布料——一样,这样他们就能更快地接近大海了。她这么想着,同时也明白这只是个女人的小小想法,如此错误,如此令人迷惑。

艾雅娜走向声响。为了不把影子投在地上,她绕了一圈。当她看到那因过分干燥而变为石头、矗立于己身之上的沙堆时,也看到了沙堆上的艾娲。她承受着巨大的肉体痛苦,为了强迫自己安静,她咬着嘴唇,这让痛苦更甚。艾娲是个年轻的女人,她孤身一人分娩,身边只有自己的儿子。她是个相当沉默的女人,能看得出这沉默是出于不屑,即使她也会带着孩子为了食物和防护而辛苦钻营。她的体内流着暴烈的血,这样的女人在需要的时候可以勇敢地抓起武器,之后又回到厨房。她可以如此热烈,也可以一如既往地如此温驯。

艾娲时不时地和孩子说着话,命令着他。

"老拉米的儿子拉米,诅咒我吧。因为我

把你从肚子里拽了出来，让人们把我们之间的连接切断。我不再包裹着你。你像个男人一样把脚落在地上。老拉米的儿子，我把你交给了死亡。我把你像块蛋糕一样献给了死亡，它把你保存在袋子里，和其他人一样。你会感到饥饿，你会吞噬自己。拉米，你也是你继父卢阿德的侄子，他收容了你，也收容了我，他保护我，把我带去床上，把你带去可怖的雄性奥秘那里。他们两人都死了，我是两人的寡妇，是我丈夫和我小叔的寡妇，他们以为家里的其他人把我救下了，但救下之后又把我丢在沙漠。老拉米的儿子拉米，诅咒我吧。比起和平时期，我更懂得战争时期要做些什么，比起对待你，我更懂得怎么对待枪。诅咒我吧，拉米，因为我在分娩时就抛弃了你。这就是母亲们做的事。"

和艾雅娜的孙子相反，艾娲的孩子有着晦暗而孤僻的眼睛。虽然母亲教导他厌恶生命，但他却无法如此实践。他有着阴郁的爱好，于是成了最好的捕蛇人。他不爱玩耍，但由于继承了战士的血脉，他会把其他人带去危险处，看到他们缺乏防卫的本能，甚至也没有攻击的爱好，就缓缓地摇着头。一些男人拧着他的耳朵试图教育他，而他就驯服地望向地面，疼痛滑下，慢慢地滴落在他望向的地方。塔里克也会用自己健全的胳膊推搡他，但这似乎是为了救他。毕竟没人愿意接近塔里克。但男孩会带着极度的轻蔑挣脱他，因为塔里克是战斗里的逃兵，而拉米有着战士的血脉。

艾雅娜是处在自身影子里面的一片影子。为了不暴露自己，她小心翼翼地向月光处移动。她想要满怀怜悯，却做不到。在那片孤寂中有某种怪物般的东西。在她看来，艾娲并不像人类。

从未有过哪个女人在分娩时不把别的女人叫到身边。在生死面前，在剧痛的神秘面前，须要有个证人，须要有能清洁也能指引出口的手。从未有过哪个女人这样逃走。

老妇之前甚至没有注意到她怀有身孕。在女人们支起帐篷要睡觉的时候——所谓支起帐篷就是把斗篷铺在木杆上，孩子抓着她们的腰，她们都聚集在自己的领地，男人不能进入，这时候没有人能藏住大肚子。但是艾娲有自己的隐藏方法，即使她就在众人面前。她带着痛苦把双腿缠绕在孩子身上。她的肚子里也许还有一个孩子，一个刚刚开始成长的孩子，一个天使。毕竟小叔和她一起生活过，他把她带到家里，她像再婚妻子一样侍奉他，直到他死去。死亡失去了想象力。它总是重复着自己的方式。它让屋顶和墙壁炸裂。艾娲当时带着小拉米回娘家了，后来她想，落在她身上最严重的事不是失去了家和家人。最严重的是生为女人，要做母亲，在熟知屠杀之道时却须要有人保护自己。

人们半睡着,一只耳朵竖立起来,像猫耳一般转动着。只有孩子们睡得彻底。但他们的梦不属于孩子。

艾娲紧贴着地面,她不安地动着。满月在天边做些什么呢?它把奶和蜜洒在风景之上,这并不存在的奶和蜜坏笑着,造出气味的幻觉,造出命运偏向美好的幻觉。

艾娲死过孩子。她了解分娩之事,也了解那份痛苦。然而,艾娲无法控制的名为厌恶的那个部分,其中的恨盲目堆积,像是淤泥堆积在干涸的湖里。没错,有什么东西占据着这个部分,也许那是被动的自然。

上帝,不,他们已经没有上帝很久了。

艾娲这么想着，而不是想着孩子。她想着卢阿德是怎么覆在她身上的，当时她的丈夫，也就是拉米的父亲，就躺在她的右边，用那么空洞的眼窝凝视着她。

艾娲感觉自己像是个被强暴了的女人，并非被男人，而是被自己的身孕强暴。妊娠不属于这个世界，不过是场意外事故罢了。那东西像只铁钩一样在她体内生长，把她钩住，以便时候到了就能像只山羊①一样撕开她的肚子。那一刻来得太早了，淫猥的月光从高空投下，显露一切，甚至也显露她沾满黑血的双腿，这双腿已经没有了任何召唤之力，只沦落为行走的工具罢了。

艾娲没有哭，她只是呻吟着。像穷人一样呻吟着，带着怨恨，带着穷人的急切。她还没有生产，她想从体内之物那里解脱。

① 基督教中，山羊被视为恶魔的象征。

母性的诗意,母性的甜美教诲,这些东西都和已故的老妇还有她们的唠叨一起被留在了路上。这里缺乏简单的和复杂的事物,缺乏女人们总是在做的想象工作。尽管如此,艾娲还是觉得有人在近处,某个有智慧的生物在看着。但那目光并非慈爱。它想要以自己的存在来暗示这个年轻的女人有多么孤独无助。

随后,疼痛变得难以驯服,因为它已不再宣告着解脱,而是延长。钩子变成了一只狼,牙齿交错,绝不松口。

艾娲想,也许她会叫喊出声,然后就会有人跑来,还有些人会先往远离危险的方向跑,之后才围过来。那时所有人都会看到她的不洁,于是他们会啐在地上,然后抛弃她。

有人会说:"这血不是战争之血。这是从女人的性器官里流出的血,充满了脓毒,千万不可触碰。"

如果有石头,他们会对她投石。

艾娲咬着嘴唇,把痛呼吞入内里,那是她自己形成的地方。然后,如爱一般肮脏的爱的实体穿过了她,软软地落在地上,声音微不可闻:那是月夜的一声叹息。

艾雅娜转身靠近,她估计秘密已经结束了。这时,艾娲不过是个生了死胎的女人罢了,沙漠,或说上帝,并不想要那胎儿。

但是艾娲没有看到艾雅娜,她像盲人一样四处环顾,寻找着声音的来源。她抓着小小的尸体,脐带已经用牙咬断了。这强壮的女人还舔掉了血迹,没有浪费一点食物。为了掩盖气味,不让捕食者嗅到,母兽们确实会那么做。和母兽一样,艾娲是纯粹靠着智慧行动的生物。为了拉米,她必须要活下去,如果运气好的话还会有奶水可以喂他。

老妇一直在她面前看着。她脱掉了斗篷。坚硬的头发像金属一样反着光。夜晚并不适合人类的瞳孔，它会把视野扭曲，但就算这样我们也能看到女人美丽的面孔，棕皮肤女人的美维持得更久，即便它也会被消耗。

艾娲尝试着读出她的想法。她没法就这样站起来，拉着儿子一起走进夜色，把另一个孩子丢下，让别人去给他造坟墓。艾雅娜充满了力量，她花了些时间决定怎么处理这个孩子。但实际上想法和想法之间并没有太多不同。它们全都像狼牙一般细细地排成排，显而易见：人们能听到这些牙齿嘎吱作响。

她们只保有生存所需的基本工具。动物们的想法是瞬间通过神经的，并不缜密复杂。很久之前，她们靠着收获的食物、市场和房屋过活，这是穴居生物的大智慧。现在，她们回到了连棵树都没有的森林，她们仅有的才能就是把身边的风景变成食物，不管在这风景里能看到些什么。

艾雅娜说:"你那儿还有能吃的东西。"

她指着漆黑但却闪着光的胎盘,沉重的液体从上面滴落,让它成了星星的背面、夜晚的太阳。艾娲想着应该会从她胸前冒出的乳汁,给儿子的乳汁。

所有人在睡时身体都半醒着,但是没有人靠近这场宴会。第二天早上,没有人看到被翻动过的泛红的土地,因为人们走的是相反的方向。

艾娲并不奇怪于老妇会扶着她,毕竟她失了血。其他的女人们也失过血。她们慢慢地走着,然后死去。她们都是即将结束育龄的女人,甚至她们的孩子也不会哭多长时间,毕竟哭泣代表着浪费。但艾娲还很年轻,虽然她落在了后面,但还没有远到会带来危险。

塔里克出神地望着。就算她需要,也没有一个男人会去帮忙的。她们两人只能原地等死。

停留到太阳下山对于所有人来说都意味着增加风险。他们前进着,头都不回一下。

"跟上,跟上。"艾雅娜喊道。

中午,当人们都用棉布做遮盖,吃着发酸的面包,喝着植物肥胖根茎里的汁液时,艾雅娜、艾娲和塔里克三人依然离得很远。在正午时分,不管是睫毛还是斗篷都没法挡住太阳。人们只需要知道有没有人死去,这样就不用走太多回头路。但是下午的时候大家清楚地看到了老妇、女人和小伙子都在炙热的空气里颤抖着跟进。由于某种原因,他们遥远而模糊的蓝色身影像是威胁一样,激发着不满。

艾娲强行要老妇停下。"我们吃了人肉,现在我们都是野兽了。"艾娲说。

第二天,艾娲要求人们重新支起帐篷。男人们之前说过,女人们没必要设防,因为他们已经不是男人了。他们饱受折磨的肉体上已经没有什么能让女人害怕的东西了,因为旅途消耗了他们的能量,也由于夜晚能使逃跑变得更容易。

当时被派去说话的是努鲁。他还没有全盲。努鲁并没有表现出有特权的样子,因为他孤独又苍老,所以很有服务别人的倾向。他宣布着奇特的和平,女人们请求再想一想,当天晚上还是用斗篷支起了帐篷。"男人毕竟是男人。"艾雅娜说。

另一个更年老的女人坐在废弃的轮胎上等

着他们，她确信支帐篷不会费多少事。这女人从来没有讲过自己身上发生的事。她叫作妮娲，属于南方的游牧民族。动物都在逃跑，而她的族人们不知道要逃向哪里，曾经这些族人有着相当完美的预感体系。

她或许是被抛弃了，或许是走丢了，但由于她几乎一言不发，别人的话语就像落在听障者的耳边一样。她瘦且驼背，所以总能以很好的节奏行进。她认识各种植物，人们看到她咀嚼小小的叶片，她却并不说明嚼的是什么。她总是带着些仙人掌，给予孩子们滋润，这些仙人掌是沙漠中的小小美味。

人们不信任她。艾娲不去求她帮自己治疗失血或是疼痛。妮娲也不帮忙。当努鲁宣布男人们的和平声明，宣布他们放弃自己的男子气概时，人们的眼睛转向的是艾雅娜。她们没有形成议会团体，也没有组织讨论。当天空开始亮起时，艾雅娜说："他们确实不是男人。我们也不是女人。假如他们是男人，就不会在这里了。他们会去战斗。他们一离开母亲的乳房，就会去战斗。他们重新变回男人的时候，我们会知道的。那时候他们会去把刀磨利，而不是淫荡地看着我们。"

"我们也不是女人，"艾雅娜继续说道，"不是因为我们不想怀孕，或是因为我们的孩子只会让我们想到死亡。我们不是女人，因为我们在保持沉默，因为我们甚至没有说话的力气。没有话题，也没有笑声，你们觉得是什么在吸引男人呢？是笑声。是女人的声音。我们没有声音。"

人们还记得那个早晨，他们像羊一样被孤零零地抛弃在路上，只有几袋面粉，还有一不小心就会洒出液体的瓶子。有人觉得，对于把父母的坟墓和供养了他们的土地抛在身后的人来说，这是公平的惩罚。也许向导是故意把他们丢下，跑入夜晚属于盗贼的静寂中，为了惩罚他们。

但继续前进的冲动有着更响亮的声音，虽然所有曾经构成骄傲的东西都已逐步脱离了身体，像痂皮脱离愈合的伤口。

有些群星闪耀的夜晚，星星如此之低，低到似乎手都能够得着。然后月亮回来了，逐渐地，一点点以自己的光占据天空。他们漂泊已有半月。因为男人们保证过，他们已经没有可以播撒的种子了，疲劳和饥饿把他们变成了阉人，完全可以信任，所有人都清白地睡着，不自知地画出了一朵花的形状——一朵向日葵。女人们在中间，孩子们在她们腿间，男人们在周围，塔里克和其他两人更远一些。平底锅像是乞讨的盘子一样四散着，希望露水能把它们填满。一半的身体醒着，也许比曾经更加静止，为了让雄性和雌性都感觉不到一点威胁，也感觉不到一点邀约。

"发生什么了？"贡西问。他向前走了几步。贡西是个瘦小的青年，并因为自己的体格感到自卑。他陪着自己的母亲和姐姐——两个和他一样瘦小的青年人，这一点能从她们的眼睛里看出，她们的眼睛还没有把恐惧下令要吸收的东西都容纳进去。但是贡西并不靠近她们俩，因为世界像是被剑劈了一道一样割裂开，他开始忘记她们，不只是忘记外部形象。他彻底地忘记她们。

贡西就像一条饥饿且富有想象力的猎狗，求取着男人们的赏识。人们信不过他，特别监视着他，他那么年轻，那么喜欢奉承，对于女人们来说应该相当鲜活。事实上，他确实喜欢感受女人，感受她们裹在斗篷里深深呼吸时布料的起伏，他还喜欢听她们哄孩子的时候意义不明的喃喃低语。有时，他的下体会充血。但他还有很多年要活，谨慎之心命令他节省体液。

人们鄙视贡西，因为他是个奴颜婢膝的青年。一有机会人们就嘲笑他。所有人都过着不同寻常的日子，既夸张又压抑的日子。他们根本没法理解贡西——一个等待华丽命运到来的弄臣。

当艾娲说她想要个专属的帐篷时，贡西抓住了这个其他人都因惊讶而沉默的瞬间。他想，如果所有女人都如此效仿，他就没法在晚上看到她们了，也就会失去这既淫猥又天真的喜悦。但让他介入的真正动机是怀疑。只有借助着对怀疑的信仰，处在危险中的个体才能够逃脱死亡。

"你是找到了食物，想把它藏起来。"

青年的这句话一说出口，就奔跑着住进了每个人的头脑里。它穿透脑壳，运输着信息。

贡西说了让人难以置信的话。这话在众人之中蹒跚而行。

于是，人们集结成群，互相搜身。女人们和男人们第一次聚在一起，生存第一次成了划分距离的标准。艾娲、艾雅娜和拉米站出来对质，带着属于反叛者和准备宣扬正义的穷人们的愤怒。只有塔里克站在一边，但也没人在乎塔里克。

艾娲已经失去了恐惧。她是一头野兽。她在沙漠中，在沙地上生下了儿子，或者是个女儿，她没能看清。她用牙齿和喉咙做了野兽们做的事，只要她张开嘴，就能发出咆哮，让所有人都逃跑。她有着能被设想的最狂暴的意志。

当其他人都尝试着把感受调整为言语时，艾娲说话了。她的两只手放在孩子的肩上，孩子被那又硬又厚的指甲掐得生疼，做出了想要逃跑的动作。艾娲的声音并不颤抖，因为那声音已经被剥夺了恐惧。

她并没有回答贡西,而是看着他,重复道:"我要支起帐篷。我们要给我和我儿子支起帐篷,也要给艾雅娜支起帐篷,她把我们当血亲族人看待。艾雅娜没法和她的孙子睡在一起,她孙子的眼睛,在眼皮下面、在他母亲的斗篷下面也闪着光质问。"

艾雅娜在后面一点的位置。她那老妇的身体里有着斗篷也难以掩盖的意志。艾娲说:"我们想要一个家。我们想仿造出像墙壁一样的东西。我们都怀念家。不知道未来会怎么样,不知道明天,也不知道后天。今晚我们要拿起木杆,把我们的斗篷铺在上面,进屋里睡觉。这不是反对你们,而是无视你们。"

她把拉米推向前,像是给出一份清白无辜的有力证据。

人群散开了,男女之间恢复了曾经耻感给

予的距离，在当天的对局中落败的贡西抚摸着小拉米，当艾娲看到这一切时，她自己都感到惊讶。

女人们友好地相互靠近，但是艾雅娜的儿媳站了出来。她拉着儿子的手腕，弄疼了他："如果情况一直不见好，人们说我儿子有巫术，他的死就会压在你们头上。"

艾雅娜反驳道："他是我的孙子。我会用命保护他。"

"哦，确实，你是会保护他。"女人说道。

为了吐唾沫，她把遮住嘴的布扯上去。她的嘴唇上都是白沫，但最终只是摇了摇头。

艾娲因为自己提到了那孩子的眼睛和其中的光而感到后悔。她想这可能会让艾雅娜被人嫌弃。但她们是相连的，比母女和婆媳还要更加紧密相连。

艾娲所有用来维护支帐篷的借口，都只是

为了让她能有给孩子喂奶的私密空间,她的孩子十月份就满六岁了。

第二天早上，艾娲开口说话。她以十分权威的方式说着话。怎么才能突如其来地丢掉如此古老的恐惧呢？比全副武装的敌人更有力的是对家人、家规、部落和国家的恐惧。这是生命中不愁吃穿也不乏思想的人拥有的恐惧。假如要尝试逃跑，怎么才能在空虚之中呼吸，在空虚之中找到方向呢？恐惧是伟大的建筑师。然而，艾娲不再感觉到恐惧，不管是自身的还是他人的恐惧。甚至连为人母者的恐惧，这份不得不躲躲藏藏、钻入垃圾堆之下的恐惧，她也已经丢失了。

她似乎变得有点疯狂，和走向死亡的战士一样。被驱散的恐惧和其空虚创造着不明晰的需求。但是她的言辞规规整整、温和有序地脱口而出,只是被遮住脸庞的布料闷住了声。

因此艾娲露出了脸,因为她的言语被闷住了。她并没有展开自己的话题,去建议强壮的人走上前,一个踩在一个的肩膀上,从而看到更远的地平线,而是对所有人展露了自己的面孔和位于其上的惊诧。她棕色的脸瘦且美丽。

人们都在后退,两队人像敌人一样离得更远了。可以听到一声恐惧的叹息,是斩首时会发出的气息。艾娲的露脸推翻了一切支撑着秩序的东西,也推翻了某种快乐的模式,那是隐忍的模式。

她流着汗,汗珠捕获了光。她的皮肤在闪耀,如沙漠之女。艾娲已不再像个逃难的人。她开口说话,但他们并不理解。

"我们既不是男人,也不是女人,"她说,"我们只是热沙上的脚。不久之后,我们就会变成鬼魂。我们还有时间穿上殓衣。"

她把头巾拉到肩膀上,露出了略微泛红的头发。艾雅娜走上前,也这么做,她洁白的头冠立了起来,宣布着通向轻盈和无色境界的路途开始了。

拉米预感到女人们的行为将会成为威胁,他哭了起来,看向上方,又看向母亲,看到了她美丽的脸也把自己置身于危险之中。拉米穿过了敌意的距离,跑向了一如既往待在远处的塔里克。

那小小身躯的运动像是给分成两队的人们上了发条,让他们的四肢充满活力,发出声响,被自身的辞令推挤着混合在一起。在混乱中,有些人走开了,停在靠前一点的位置,另一些人预备着肉体的对抗。有些习惯了哀叹的女人摆出了惯常的姿态。她们弯着腰,摇晃着,水从她们的泪眼中流出,从她们的嘴里流出。

然后，她们之中站着的一个扯下了头巾。又一个扯下了头巾，又一个。她们像沙漠中的木槿花，冲破了花苞，颤抖着，迈着细碎而羞怯的舞步。于是出现了一道炙热的战壕，将她们与遮着脸的女人们分开了。这道战壕刺痛着，令人目眩，就好像实际存在一样。

一些男人觉得女人们很有理由把脸遮住，因为她们的嘴巴和脖子，她们大大的自由的眼睛会让他们回想起自己的雄性活动，就会很容易被她们迷倒。但艾娲和艾雅娜不起眼的身体矗立在两队人的分割线上。所有人都意识到了，他们害怕这两个女人，是因为她们带有某种野蛮的气质，她们的眼神和静止不动的身形之中有着某种极端的毁灭之力。不管她们曾经历过什么，正是这些经历把她们变成了全副武装的高大的女战士，把她们提升到远高于自己所处环境的地方。没有人确切地知道夜晚是什么，也不确知夜晚所产生的变形。在有些情况下，只需一个梦就可以塑造一个人。

被难以言明的恐惧惊吓到的男人们转过了身，背对着她们。在所有人获救之后，有的是时间把犯了罪的女人们关起来。而现在，还是把一切推迟比较好，接受一切，不要浪费。男人们耸耸肩，拍拍大腿，像是放弃了什么一样。甚至丈夫们也对自己的妻子露出脸和头发视而不见。事实上，他们已经不是丈夫了。他们是鬼魂，就像艾娲说的一样。

假如他们能到达新的土地，那么就是重构家庭的时候了，那时人们会各居其所，各自恢复衣着方式。服从会使女人们屈下膝，一如既往。

还戴着头巾的女人们结成了队伍。她们都相当迷惑，无话可说，只能发出恳求的言语，在当前的境遇下显得无所适从，无法指引方向。

甚至连面对面的母女和姑侄都突然变得好像陌生人一般别无所属。她们也不知道从今以后该怎么说话、怎么吃饭、怎么睡觉。她们不懂和自己的伙伴们分开,也不懂和她们在一起。露出脸的那些女人个个都是棕色的皮肤,她们几乎像走出黑暗、获得视觉的人一样惊诧,她们盯着彼此的脸庞,互相触摸,十分轻柔,怕碰碎了彼此。

男人们已经走得很远了,艾娲说:"什么也没有改变。戴或不戴面纱,我们都要一起前进。"她是个全副武装的高大的女战士,所有人都需要她。和男人们一样,她们也把能推迟的东西都推迟了。她们收起了行囊,向前走去。脏污的头发闪着光,像金属一样厚重。

这时,苍老的妮娲呼叫出声。她落在了后面。这一声呼叫让女人们停住了。于是,妮娲举起手说道:

"从今天起,你们就是受诅之人了。你们这些违背了常行律法的人,还有和这些违法者走在一起的人,你们的舌头会变成黑色,很快,你们的内脏就会被太阳曝晒,被秃鹫啄食。因为你们刚才把自己放在了自身的保护之外。"

因为妮娲很少说话,她的声音沙哑而威严,像死者的声音一般。她的话语落在她们的脸上,像刺一样扎在那里。艾娲说:"不要听。"但她们已经听到了。

于是她们再次戴上了头巾。

艾雅娜和艾娲也遮住了自己,说是因为阳光难以忍受。"我们是野兽,"艾娲小声说,"没有野兽害怕诅咒。"

"但是做母亲的害怕,"艾雅娜对她说,"做母亲的害怕。"

恐惧在艾雅娜心里油然而生,她害怕如此大胆的、颇具挑战性又过分的一天会被重提,变为罪过，而这罪过又会变为指控。假如几天后他们还在迷路，那一定是在原地转着圈，他们会陆陆续续因饥渴而倒地死去，苍老的妮娲会挑起巫术的传言，她的孙子——那个有着亮闪闪的双眼的孩子——会成为怀疑的中心。是艾娲引起了大家对自己孙子的目光之力的关注。于是，艾雅娜感觉到愤恨堵在嗓子眼，像是极度的干渴。她想把自己吃过的人肉吐出来，她想净化自己，但是却做不到。

她是野兽。假如她必须要让孙子躲避他的双眼所带来的危险，她会用不流血的方法弄瞎他。她会用蝎毒弄瞎他。

早晨,努鲁说:"我感觉到了大海。"因为没有人停下来听他说话,他就喊道:"我感觉到了大海。"于是,人们停了下来。他们看到老人的头颅似乎被荣光照亮,他似乎是把脸转向后方,宽大的鼻孔抽动着,捕捉着来到此处的已被减弱的讯息。

随着时间的流逝,他的眼睛从白色变为了蓝色。他向人群垂下双眼,所有人都确信他能看到,因为他的眼睛已不再如玻璃般坚硬,曾经那玻璃般的眼睛赋予他们的东西,与其说是冷漠,不如说是恶意。

他张开双臂,变得宽广,形成了阻挡着人群和低挂的太阳的障碍。他投射出巨大的影子,反射着彩光，他所说的话就像是由影子说出的。这一切之中都有着某种不确切，不管是在取得了胜利，突然变得巨大的老人之中，还是在他那双尖锐地凝视着人们的盲眼之中。而大海呢，没有声音，没有云雾，地平线上也没有哪怕一丝海的迹象。

大地说道："这是空想。你们被一个发疯的老人困住了。一直陪伴着你们的是我，我就是你们的大海。"

人们没有在听，他们都不喜欢大地。他们厌倦了各种不同的黄色，厌倦了用沙子来清洗双腿，厌倦了看这流动的沙从中抛出可以作为食物的可怕的爬虫。

他们厌倦了多刺的灌木，像铁一样会将人刺伤。他们觉得自己和大地是敌人，不想听大地对他们说话。于是，他们之中的一个问盲眼的老人："你确定你看到了大海吗？"

"我用鼻子看到海了，"老人回答，"离我们有两天的脚程。"

"那就领我们走吧。"

努鲁开始迈着坚定的大步前进，几乎像预言家一般。但有些人必须费些力气才能跟上，因为前行突然变成了复杂的事。人们不知道自己是有了方向，还是因为理智已经病了，让他们失去了判断标准。

有风来了，肯定不是从海上吹来的风，因为这喧嚣的风里满是沙子，粗糙地把其中裹挟之物抛在人们身上。风里还有更具敌意的物体，它们攻击着，逼迫人们跪在地上，不断地攻破他们的平衡，让他们把手掌按在地上。母亲们试图把身体弓起来保护自己的年幼的孩子，用牙齿咬住他们的头发。人们几乎互相看不到对方，一个个都像驴子一样是土褐色的，都像驴子一样被羞辱。一块古铜色的小小的圆盘标志着太阳。比阳光更强烈的是艾雅娜孙子的脸。为了不让大家害怕他，必须有人把他的脸遮住，艾雅娜想。但是他们都没有手，他们都是驴子，忍受着沙漠且被沙漠蔑视，大颗大颗的牙齿生来就是为了撕扯。母亲和奶奶意识到，那孩子神奇的双眼是人们的五感受到折磨时唯一的灯塔。妮娲叫他埃兰德，意思是"初缕晨光"，于是他就叫这个名字了。

当大地的愤怒平息时，太阳还没有走到正中间。然而，风持续了不止几个小时。它持续了那么久，让两具躯体不再立起。其他人在沙丘里寻找着行李，因不知道会遇见什么而害怕。之后，人们点数自己的财物和孩子。他们点数完了孩子，少了一个男人和一个女人，他们形成了最大的两个沙丘。但谁都没有时间为他们哭泣，因为人们必须在夜幕降临之前走远，即使找不到食物，也要找到一片安恬的土地。人们走向努鲁,请求他指引方向。努鲁是土褐色的人形中的其中一个,但可以被辨认出来,因为他以特别的方式摇摆着,像是风还在对他施虐。塔里克想搀扶他,但努鲁挣扎开,把身上的尘土掸去一些。人们求他:"带我们走吧,盲眼的老人,带我们去大海。我们会毫不犹豫地跟随你。"

努鲁更加用力地左右晃动。"我的鼻子里满是土,"他说,"眼睛里、嘴里和肺里也是,全都是土,像在坟墓里一样。明天我的毛孔里就会长出虫子。你们可以吃这些虫子。你们说的是什么海?已经没有海了。"

但是艾雅娜的孙子说:"我看到了。我看到海了。海和天一样,但是上面有白色的鼠尾草花。"

"大海啊,不完全是这样,"贡西说,"海就像是停止的大河。"

"那你看到海了吗?没有吧?我们跟着孩子的眼睛走吧,"妮娲以坚定的嗓音继续说,"埃兰德才是有光的人。"

然而,埃兰德现在是黑暗的,他的脸庞所发出的光显出一种和高烧一样的病态。

第二天早上，出现了一条河。

这是一条与自身河床战斗着的小河，是被威胁环绕的脆弱存在，它激烈地流淌着，总是在同一处、同一个地方。多沙的河岸相互靠近，因这把它们分开的易逝而顽强的透明物质而感到奇怪，它闯入了沙漠之境及其领土之中。河岸自然想要抹杀这水流，并不只是河岸，连水流描绘出的河谷也尽可能地吸收这水。

但小河争夺着，制造出它的盟友：能长出茁壮根系的草，它们的根像手指一样抓住松散的土地，强迫它一动不动；然后是灌木，它们站立起来，与阴影和凉爽结伴，和过度的蒸发斗争。

这是一份克制的力量，是一位甚至不发出声响的独居者。沙漠不想也不会为异体的入侵而改变，在它们之间发生着温和的战争、受控的战争。它们尽可能多地消耗着，然而却不丧失颜色，也不丧失结构。

他们为河流发出野蛮的欢呼。人们跳入了不怎么深的水中，衣服、鞋子和脸都接触到甜美的泥水，因这极度的美好尽情陶醉。但他们还保有一点谨慎，那是文明的命令，和本能的发动一样迅捷。男人和女人是分开的，男人们在上游，女人们在下游，这样女人们身上的东西就不会弄脏他们。规则就是这样写的。

塔里克帮助盲眼的努鲁跪下，用一只煎锅盛水，把灰尘从他脸上的沟壑里洗去。老人说："祝福你，还有你的孩子，还有你孩子的孩子。"塔里克也清洗着自己，但却不敢在河里游泳。

属于背叛者的重量压在他头上,他所交出的人们化成的鬼魂一路上对他咆哮着,走到光荣的战士们身旁。他听到了努鲁的祝福,但这祝福落到了地上,去寻找其他命运了。

只有一件事对所有人都相同:焦渴的考验已经结束了。

艾娲想:"我是一头野兽。"这想法使她充满了力量。她没有和其他女人一起沐浴,接受被男人们弄脏的水。她走到了很前面,没有和艾雅娜一起,因为艾雅娜是光明者埃兰德的奶奶,所以她已经回到了合法的家庭。艾娲和艾雅娜互相恐惧。对那个月夜、那个死去的孩子和那人血盛宴的回忆像震动一般充满了空气,使她们成了共犯。她们被彼此监禁,就像曾经多次被带着恨意的情人监禁一样。艾娲独自支起了她的保护伞,她立起木杆,挂上斗篷,拉米喝着她那被恐惧留下了一丝苦味的奶汁。

艾娲手牵着孩子，沿着河岸略微匆忙地行走，他们都还是干燥的。在某刻，她拉下了头巾，脱下了斗篷，也给儿子脱了衣服。他们俩的身形如此之远，被地上的热气模糊了形状。盛大的光执行着夜晚的工作，遮盖住他们。当其他人最终重新上路的时候已是正午。

艾娲等着他们。她和孩子都闪着光，他们的表面几乎是液态的，几乎是发光的，皮肤和头发都比布料更能反射光芒。他们穿着又轻又短的内衣。母亲推着儿子，把他放在自己面前，手指搭在他肩膀上。女人们惊讶地嘟囔抱怨着，男人们侧着头像猎人一样密谋着什么，直到他们之中的一个从队伍里站了出来。他曾在很短的时间内就白了胡子。他曾是个邮差。他曾看见过自己的信飞上了天，落在最高层的阳台上，然后阳台塌了下来，信件和瓦砾混合在一起。

他说："你啊，寡妇，做了两次寡妇，再

没有一个小叔子能和你结婚了，拿起你的遮羞布，把自己遮住。这水洗去了我们的虚弱，归还了我们的男子气概。我们没法不带欲望地看着你；我们看着你的时候，没法不想着让我们的种子进入你的身体。这是我们的权利，这是法规。在我们和法规之间存在的只有遮掩住你的厚实的蓝斗篷。女人，你们要用温顺和朴素的模样来保护自己。而你，寡妇，你没有所属，没有人保护你。我们不费什么力气，就能一个接一个地压在你身上，让你流血。我们不仅需要女人，还需要施行折磨。"

艾娲想到了儿子。除了儿子，她还能想谁呢？她对自己确认道："野兽懂得等待。它懂得等待。"于是，她把斗篷披上，把头巾缠在头上，盖住了脸，给孩子也穿上了长袍。有什么东西依然在蒸发，穿过厚厚的布料，那不仅是液体，而且是一种全然非理智的荣耀。

贡西爬上一块石头，说道："我们缺的是一个好领导。一直以来我们都缺个好领导，仅此而已。我们需要一个可以指望的人，一个像太阳一样指引我们的人。"

他伸展身躯，失去了平衡，但并不滑稽，而是像被祝福之人一样，十分轻盈，准备着飘升。其他时候人们会听他说话。但那天所有人都没这个闲心。

他们上路了，充满活力，甚至连孩子们都不因缺乏食物而抱怨，河流给予他们的正面影响太大了。埃兰德停了下来，他伸出胳膊，伸出食指。"动物们会在前面那里喝水、吃草。有些是长羽毛的，有些是长毛皮的，我们可以杀掉那些漂亮的动物。快去准备绳子做弓，再找些尖头的木棍，把尖头用火烤硬，把你们的匕首在石头上磨利。我们再也不用在蛇爬过的痕迹上爬行了。我们重新变成了自己的祖先，我们是山上的猎人。"

人们听到了他的话,看向远方。一块伪造的亮闪闪的金子落在地平线上。除此之外什么也没有。他们又看向男孩,看向他的胳膊,看向他预言的手指。他们也许都被巫术迷住了。但所有人,无论男人还是女人,每个小队都尽其所能制作着武器。他们整晚都在赶路,怀里抱着孩子,并不是因为能感到希望,而是因为白日太炽烈,不饶过他们。

在太阳升起之前,最机灵的人都躲了起来,藏在林中,饥饿甚至让他们的肌肉紧绷,他们处在散发着气味的绿色空气里,这空气里飘着雾,而雾是河的另一层。土地变成了深色,变得柔软,与腐烂物混合在一起。从灌木丛的颤动可以获知,有些生物躲藏在这些叶片之下。

这一切都超过了沙漠所能涵盖的范围。很

快它就不再会被称为"沙漠"了,会出现另一个词语。猎人们尽量不分心。他们听到了自己肠胃蠕动的声音,听到了自己的心跳声。他们也听到了水声,使孩子们想起乳汁,这声音虽然不是话语,但却能够沟通。

随着黎明的到来,人们会发现自己被一片蓝色的茂密丛林环绕其中,鸟儿们还没有准备好迎接惊恐或是迎接日间的捕猎者,它们还没有离巢。在缓慢的、十分谨慎的时间之中,敏捷的动物缓缓到来了。与合乎逻辑的想法相反,并非白日召唤了这些动物,而是逐渐靠近的动物驮来了白日。

它们是来自荒野的山羊,有白的,有黑的,生着有力的嘴唇,还有轻巧的蜜色羚羊,以及小小的看不见指甲的啮齿动物,因恐惧而如此美丽,对它们的感官持续收集的信息如此认真地进行着分析。它们的眼睛和紧张的鼻孔对狮子和鬣狗的踪迹认得很清，但却不能立刻意识到新危险的存在，因为在很多很多年前，人类就离开了这附近。它们迟疑了一秒，就足够被猎人击中。

整个过程只持续了一秒钟多一点。在影像如同镜子碎裂一般破开时，有些人跑了过去，看到了猎物的死亡和它舞蹈般悲伤地坠落，但却迟迟没有发出胜利的欢呼。他们也曾像动物一样经历过饥渴，听到过爬虫的咝咝声。他们也曾跟跟跄跄地逃跑过，为了躲开经受着高雅的饥饿的猎人，也就是征服。

沙漠猫靠过来。它们是被盛宴的气味吸引来的。这些精巧的小生命甚至在大肆偷抢的时候都像是在玩耍。烟气让大型野兽不敢过来。死亡的危险只源于食物的过剩，有些人甚至得把手指塞进孩子们的喉咙，逼他们呕吐。塔里克一直和老人待在一边，艾娲为他们带去了血淋淋的甜美的肉。努鲁说:"我突然不饿了。"但因为他是个老人,努鲁吃个不停。

所有人都笑了。他们为一切而笑。甚至连不想为他们带来笑声的回忆也让他们发笑。

在他们旁边,河水欢乐地流淌着,树木欢乐地闪着光,女人们又一次支起了睡觉的帐篷,因为男人们的目光里混杂着色欲。捕猎的兴奋感在他们的身体内扩散着。

艾娲已经不需要用自己的乳房喂养儿子了。奶水本身也已变得又稀又少,孩子没法从中获取养分。但他现在甚至连果子都吃得上,被鸟儿选中的灌木果实肯定是安全的。

即使这样,人们还是想快点离开这片幸福之地,他们想要大海。最高大的男人们轮流把埃兰德——"初缕晨光"背在肩膀上,让他能用双眼看得更远,越过那片迷住了他们的绿地。

一天,埃兰德喊道:"房子!我看到我们的房子了!"他以为世上只有一个城市,环抱着他的家。或是他以为在自己看到的每个城市里都有一个家等着他,和他离开的那个家一模一样。

行者们虚弱但又警惕的头脑已经变得可以同时容纳相信和怀疑。他们一直认为河流会引向海洋,河流是一只智慧之鸟,一定会为他们指路。但是房子啊,他们想,哦,房子,怎么去想象这东西呢?怎么去接近这东西呢?

塔里克运用起自己的头脑思考,他说:"有房子的地方就有善良的人,有房子的地方就有自我放逐的人。外来人从来就不受欢迎。"

人们坐在阴凉处。埃兰德神奇的手指还在指着什么。他的母亲试图让他变得更像个孩子,她温柔地让他坐在自己的膝头。她害怕这孩子过于重要。埃兰德似乎因看得太多而疲惫,便合上了眼睛。但是光穿过了他丝绸一样的眼皮。

贡西站起身来,说:"有城市是好事。城里有船卖。我们去扫大街,干上不到两三个月,就能买一艘坚固的船了。然后我们就前进。相信我,恐怖已经过去了。"

所有人最最需要的就是听到鼓舞士气的声音,即使这是海妖的歌声。"我们绝不返回。"艾雅娜说。男人们都啐在地上,女人们反胃地揉了揉眼睛。令人恶心的流亡的回忆像毒液一样烧灼。

"最好是避开城市,"塔里克说,"这样更好,而且也可行。"

"别说话,"贡西说,"没人听你说话,

你会像之前背叛家人一样背叛我们。你一旦害怕,就会背叛我们。你就一如既往吧,忍受痛苦吧,滚远点。我和老人们会做决定。只需要知道那儿是不是真的有个城市。"

为了领头,这个小个子男人不得不跑起来。他想跑到前面,但看起来就像逃跑似的,笨拙地抬起脚掌,把路上的灰尘扬得满天都是。努鲁判断道:"谨慎点。清白之人不是这样跑的。为什么要跑得那么激烈呢?"

"盲人啊,"人们回他,"他想做第一个了解情况的人,他想走近一点,看得比埃兰德更清楚。但是塔里克两步就能追上他,然后我们所有人都能追上。"

努鲁说:"别让他跑得太远,在我们之前先看见。我和女人们在后面跟着。你们在没路的地方等我们,不管在白天还是晚上。塔里克,你把埃兰德背在肩膀上。"

"别让塔里克背。"

"不,要让塔里克背着他。"

从河里飞出了一只黄色的鸟,飞向了右边,这是好的预兆。

在人和人构成的信任之中,有什么东西改变了。盲眼老人的声音严肃而充满权威地回响着。当队伍迅速缩短了和贡西之间的距离时,年轻人都觉得捕猎时的那种兴奋又回来了。

贡西听到了混乱的声响,他看向身后,看到自己已经落败了,便笑了笑。他像个外交学专业的学生一样领会着如何笑对尴尬。当高高坐在塔里克肩膀上的埃兰德伸出他神奇的手指时,有人走到了贡西前面,这小个子男人的脸色变得阴沉发绿,没了血色,但根本不会有人注意到他。在前方,可以远远看到一团团低矮的炊烟。只有房子才能散出这样的烟。这就是埃兰德预言的城市。

于是，艾雅娜问她的孙子能不能看到好坏。

"我不知道那是什么，"男孩说，"也不知道怎么区分。"

"那你看到什么了？人？和我们一样的人？"

埃兰德被问题搞累了。

众所周知，河流的末尾就是海洋。没有人曾想到这里会有座城市。他们充满了对城市的渴望，也充满了不幸的回忆。人们在距离城市许多步的地方停了下来。路上有什么东西。他们问埃兰德："那是什么？"

"是个男人。"

于是他们又问努鲁："他是谁？"

努鲁回答："他既不是牧羊人，也不是农夫；既不是石匠，也不是圣人。实际上我也不知道他有什么味道。但他是个静止的男人，这一点毫无疑问。"

"我们绝不回头。"妮娲说。

贡西张开嘴要说话。他想说话，但是什么

都没有说出口。

那个男人顶着大太阳,坐在路中间的一块水泥板上。当人们走得离他很近时,他说:"城里有九环。"

男人站了起来,又高又壮,穿着军裤和土色的棉质衬衣。他没有对他们拿出武器。然而,他就像是以金属为食一般,躯体本身含有一种锐利的黑色物质。男人对于遇到这些人显得很高兴。他眯起眼睛笑了,说:"城里有九环,你们连第一环都进不去。"

人们并没有在经受饥渴,他们只是经受着到达的感觉,同时感到不耐烦和驯顺。贡西说:"我们不是来讨你们嫌的。"

"我们也不想留下,只求给我们几天时间休息,让我们补给。我们带的东西有金银丝、金银手镯。"

"确实,"男人回应道,"所有人都带着这些东西。"

最初的羞怯过去了,孩子们跑了起来,跌跌撞撞,大人试图让他们安静下来,限制着他们的动作,却也因此变得不安起来。那个男人就像化成了石头一样,完全没有要动的意思。人们确实可以围着他,但那几天里的天气不值得信赖。天空的蓝像裹着绸缎的天花板一样抚慰着人,然而在这蓝色和它虚假的透亮后面,是巨大的即将爆炸的弹药库。弹丸落在房屋上,落在人身上,没有预警,就好像有人给大自然付了钱,让它上几堂关于闪电发射的课程。看不到军队的踪迹。军队不会自主显现。军队并不存在,直到人们中的一个表现出偏离路线的意向,那时,石块、植物的根茎、人的脑袋、水瓶,就会全部迸开。那时父母和子女便会一同丧命,怨恨和隐匿的情感也会随之全部完结。

没有什么比明朗的天空更能摧毁，没有什么比好天气更能撒谎。在这种时候，没有人是天真的。

河流如此湍急地奔向前，不给植物可以生长的平静。它从正中间穿过了座座房屋。人们想，可以找个下午，从河里不声不响地游到城市中心。

人们看不到隔墙。只有朴实的炊烟从房屋上方升起。在他们与城市之间只有那个男人，那个站着的又高又壮的男人，仅他一个就掌控了他们所有。有巫术落到了他们之中，但并不是沙漠的巫术，而是经验的巫术。它使人们想起死亡是如何突然出现的，在酸液里，在吐息中，在玩具飞机里。孩子们继续在大块头的军装男子身边跳舞。因为他们没有经验。然而对于那些有故事的人来说，重锤砸下，把用于移动的关节全部瓦解。它叫作回忆之锤。它只在有人疯了的时候才停下，然而这情况也很少见。没有别的办法能逃过这粗暴且持续纠缠的击打。人脑和它的工作失去了领导，瘫痪了。

他们等待着，是的，等待与礼貌的规训混在一起，他们就像一队仆从，有礼仪需要遵守。男人并不着急。可以看出他不培育期望，他了解结束和开始，已经看过了许多，而这许多都总是以相同的方式发生。"你们无处可去，返回吧。"他说。队伍产生了波动。每个人都在内心搜寻着游牧人的高傲、沙漠人民的激情，但他们只发现了邮局的员工、旅行社的员工，还有行李搬运工和出租车司机。塔里克曾被监禁，并出卖了他的邻居，人们因此而鄙视他，而现在这份鄙夷反弹到了他们自己身上，他们没有了力气，甚至没有了想象。

他们之中只有一个逃开了陷阱。是艾娲，吃过人肉的艾娲。"我是兽类。"她说着，扯下了头巾，露出了自己的脸和脸上愤怒的表情。她把儿子留在后面，自己走上前去。

男人找了个更舒服的站姿。他既庄严又骇人，为了和他说话，艾娲不得不仰起脸来，这使她更加愤怒。野兽在她的体内咆哮，于是男人听着她的咆哮。

"你为什么要站在我们面前？这条路有主人吗？"

"哦，路总是有主人的，"男人说，"一切事物都有主人。你也有主人。你的男人呢？藏在你身后吗？"他伸手要抓她，她躲了过去。男人放弃了。那不是他惯常的游戏。

"城里有九环，"他重复道，"外面的那一环属于可怜人，中间的那一环属于精英。你只能从一环去到紧邻的另一环，去打扫卫生、做饭。没人能从地下室或者地道里往上爬，没人能看到不该看到的东西。这城市不能进，也不能出。经过了几个世纪的完善，它是完美的。你们以为自己会被接受吗？"

"我们不想要你的城市，"艾娲说，"我们要的是欧洲。我们要到达大海，乘上船去往欧洲。"

男人笑了："欧洲不想要你们。而且，你知道吗？我们就是欧洲。"

"我们是欧洲的第一层，在这里阻止你们前进。也就是说，我在这儿是为了劝你们的。"

"如果河能穿过城市，我们就也能穿过。"

"河是水。你们又是什么水呢？河流从十八座不锈钢大门的门栏之间进入。当它最终到达大海的时候，带去的只有塑料和排泄物。因为城市要被服务，而不是去服务。城市要玷污，而不是被玷污。我们的清洁工人数刚好，不需要再雇用更多了。"

"既然这样，"艾娲说，"我们就绕一圈。

绕过城墙,靠我们自己到达大海。我们要造一艘简单的木筏。"

男人逐渐失去了善意。他的影子增长着,他自身也略微增长了一些。男人擦了擦额头:"女人……我从不和女人说话,也不看女人的脸。你打一开始就在浪费我的时间,但是我的时间快要用完了,而我自认是个慷慨的人。听好了,就算你们不淹死,以后也会被抓到监狱里。你们是群恶心的生物,总是嚷嚷,在地上吃东西,还把身子裹得严严实实。你们用殉道的思想教养子女。你们适合做肮脏的工作,但是已经没有工作岗位了。"

"这和你无关,"艾娲说,"我们很多人都有家人在那边。谢谢你的消息。我们根本不需要城市。"

"你们能活到这里,是因为河流允许你们活着。"

艾娲沉默了。没有了河,他们该怎么办呢?

"为什么河从城市流到了这里呢?"她问道。艾娲想要等男人的答案。这时,她听到了哭声,便看向身后。但是人群中没有人在哭。人们如同学徒,无声地说出她的话语。男人说:"你们听。是风。现在是风的时刻。"

"风在哭吗?"孩子们问道。他们已经敢于触碰那陌生的男人了,为了让他注意到低处,孩子们拽着他的胳膊。

"不。是囚犯在哭。告诉你们的父母,是囚犯在哭。"

风不仅带来了哭泣的声音,还带来了明显属于海洋的新鲜气息。它不再履行惯常的工作责任——从地上扬起尘土、遮天蔽日,而是去清洁。空气变得纤尘不染,其中没有一丝闪光之物,它对于眼睛而言是纯粹的不存在。曾经人们的目光只是简单的上升而已,如今在洁净的加持下,视线像是飞翔着去接近什么。

尽管坐落在西方,城市却没有因太阳的低沉而逆光,变得晦暗。低矮的城市产生着难以被攻破的印象,并非由于其建筑坚固,它像小山一样从平地上升起,凭借的是自然权利。它像是由星辰化成的煤炭构成,这是一种不牢固且令人悲伤的材料。毒液在它的表面闪耀着,让它仅用外表就足以反驳。

城市里的人大概是把美丽收入了内部的空间,一环一环地增加着奢华和资源的丰富。艾娲问男人:"里面的人,他们幸福吗?"

他几乎笑了出来:"他们本可以幸福,但却并不幸福。他们想越过圆环,总是想越过圆环。所以有时会处决一两个叛徒。他们的残躯会被拿来游街示众,穿过重重大门,所有人都因恐惧跪在地上,又因恐惧的解脱跪在地上。"

"欧洲是这样的吗?"

"我觉得不是。我觉得还不是这样。但我不了解欧洲。我没去过那里。我只知道它说了什么。"

"它说了什么?"

"别让人过去。别让任何人过去。你们看看远处,在城市的左边,哭泣从何而来?你们看,你们听。"

人们用心去看去听,注意到了细微的痕迹,他们觉得那是一片延伸向南,洒下阴影的丛林。但那其实是些低矮的木房子,有生物在里面活动。人们推测那是些男男女女,因为他们都无望地倚靠在栏杆上,不去撕咬它们,也不在地上挖洞,动物是会不知疲倦地那么做的。只有人类才会主动放下武装。

行者都后退了,艾娲寻找着自己的儿子,也后退了。她问道:"他们在那里做什么?"

"他们在等待法律。"

"什么法律？"

"不知道。总之是永远不会到达的法律。听好了，如果你们不听我的劝说，就会在他们身上看到你们的命运。"

邮差用紧握的拳头做了个手势，扼杀着自己的绝望。他像山羊一样紧咬牙关，然后吼道："你的意思是要把我们抓起来吗？以什么名义、什么理由？"

"以欧洲之名。它不想让你们到达。"

"这就是所谓的理由？"

"是理由没错。你们是入侵者。你们会给他们带去不安，还有残忍的习俗。这是他们说的。每个人都守护着自己的家，防卫陌生人。你们也会这么做的，假如你们有家的话。我们尽管有我们的繁华，但也不想和欧洲对着干。欧洲承诺了法律。它会送来法律，这是他们说的。这是欧洲说的。"

"那你呢,如果你是我们的敌人,为什么要像个朋友一样和我们说话?"

"我是田野上的一个守卫。我把食物和瓶装水扔到城市里去。如果有死者,我也想给他们收尸,但是城里人不交出死者。他们在死者上面狂欢,假如你们也在那里,也会那么做。对我来说,我不希望里面再多哪怕一个人了。"男人说,"晚上听到他们的呼吸,比听到他们的谵妄和痛苦还更糟糕。我之所以在这儿,就是为了给来到这里的人看看,牢笼就是等着他们的东西。"

他转向艾娲:"你呢,你是谁?你像女人一样说话,但却有面孔。女人们没有面孔。来到这里的女人没一个拥有面孔。"

"我是一头野兽,"艾娲说,"如果我再遇到你,就会把你杀了。但如果你说的是实话,今天我要感谢你。"

艾娲的傲气震惊了男人们。她像首领一样说话。有些人走到了她前面,用力推着孩子。小个子的贡西没有走到守卫近旁,因为他害怕向上看会对他不利。他隔着一定的距离质询守卫:"你确定吗?欧洲不想要我们?"

"不想。你们回头吧。"

贡西的声音弱了些许:

"回头路上什么都没有。"他反驳道。

守卫说:

"往前走也是一样。"

于是，他们重新迈开了步子，逆着河流上行，一直走到他们猎杀过金色的草食动物、采摘过救命的酸涩果实的美好丛林。但是他们的腿打弯了，这些腿属于走向刑场的人。于是有人开始放弃了，用铁质的手杖在膝盖上拍击着，甚至连孩子们也弯身向前，因绝望的剧痛折成一个魔鬼的角度。

苍老的妮娲靠在一块石头上，拒绝饮食，她说："我知道自己已经哪儿也去不了了。但是你们，可怜啊，你们不知道。"这话激怒了所有人，因为大家都希望有人能为他们指出一条相反的路。早晨，个子最高的人把埃兰德举在头顶，问他能否看到什么东西。男孩紧张了起来。他已经学会了挣扎,也学会了制造困难。

"如果我们不离开这地方,你们还指望我看到什么呢?"他问道。

确实如此。他们想不费力地得到某些奇迹。他们吃饭,睡觉。女人们害怕妮娲和她的决心,一种报复性死亡的决心。人们积极地照顾着妮娲。这让他们留了下来。但年轻人觉得这种做法不牢靠,从某种程度上来说也不自然。对家的念想在疲惫的心灵里翻腾着,进入了与以往相同的树木和地面如今的轮廓中。一旦河流干涸,原始且可靠的认知天赋武装下的动物们迁往别处,他们就会死,耗死在这个曾保护他们的地方。

于是某个傍晚艾娲站起来说道:"我们已经休息够了,现在我们得聊一聊。"

男人们互相看了看。贡西开口宣称:"我们男人会说话。而你呢,遮好你自己,保持沉默,因为你只是个女人。"

她用目光寻找着艾雅娜，但并没有找到，因为在黄昏的微光中辨不出人。艾娲开口了，嗓音轻轻颤抖着。说着说着，她的嗓音便不再颤抖了。

她说："我不会遮住我的脸。这张脸就是我。也别和我说这样就会招来男人们的恨或是爱。因为我也算是男人，我也拿起过武器对着敌人。除此之外，我还是野兽。我吃过人肉。你们里面如果有谁想违背我的意愿享用我的身体，他就会死。因为我把狩猎用的标枪上的尖头收集起来了，能射穿一头鹿的东西也能把人射穿。你们没法把我拉去广场上处以石刑，因为没有什么广场。"

艾娲说："我要说，我想发声。"但是男人们啐在地上。女孩们露出了头发，在城市里这是重大事件；但在这里，随着夜色的降临，一切都变得更加污浊和严酷,某种忧郁安抚了他们。年轻的头颅在最后的几束光线里闪烁着,召唤着埃兰德和他那能看到远方,看到比别人都多的天赋。男人们不懂得尊重女人,他们的历史中没有这种思想,但他们开始害怕女人们了,想着也许在日常的艰难决定上相信她们也没什么不好的。

男人们这样想着,稍做讨论,就去往河边洗脚了。虽然他们不说,但却觉得自己像是死了一样,甚至连活人应该监督实行的不可更改的规训都对他们变得奇怪。

这天晚上,有妻子的人都把妻子带到了自己身边。老妇和孩子也被带去。人们聚集成小小的群落,让丛林变得像个村庄,低语着,就像打盹的村庄的呓语。

艾娲没有睡下。她让拉米躺在自己的大腿上,等着月亮的到来。月亮姗姗来迟,但却逐渐重获力量，直至完满。"一个月过去了，"艾娲想，"之后，还会再过一个月。而我们却待在这里，在丛林围成的牢笼中把自己化成尸体。"

有人在靠近。艾娲看过去。艾雅娜又把头发放开了。她有种暴力的神圣，就像长着洁白坚硬翅膀的生物，像是试图吞噬自己的秃鹫。从她全心全意扑在孙子身上以来，艾雅娜就总是离艾娲远远的。虽然她年纪不轻了，但却没有忘记那个月夜。她还能看到艾娲当时是怎么变身的，又是怎么犯下罪孽，怎么由于恐惧的强化而敢于扎根在罪孽之中的。

一开始，艾雅娜做出了共犯的举动，她的心因为经历了孩子的出生和死亡而被打上了烙印。但她没法继续保持那种弃绝的态度，去抛弃那些把他们引上平安之路的行为模式。这路就在他们面前铺开，牢固坚硬，一定会留存到很久以后。然而她却去靠近艾娲，她黯淡的光环宣告着自己也接受把脸露出，然后，她接受了更多的东西。

艾雅娜跪坐下来，抚摸孩子的前额，他正不安地睡着。"这是他们第一次睡个好觉，整个身体都睡着。就像一窝窝聚在鸟巢里的麻雀。只有我的儿媳因为她儿子的天赋有些害怕。我也不知道她在怕什么。但她求我不要睡着。"

艾娲说："你也是我的母亲。我们也因分娩相连。"艾雅娜不想提这件事。她再也不想提这件事了。艾雅娜空出了一只手，它为月亮的眼睛辩护，说那只是一场回忆。

"和你一样，我也想离开这里。埃兰德也想离开。只是他不知道该指向哪里。"

"我们都会死在这地方，幸福地死去。按照年龄的顺序死去，披着温暖的兽皮，在盖着棕榈叶的土房子里死去。你还想要什么呢？"

"要你想要的。"艾雅娜说。

夜行动物在附近走动,但是火的气味让它们害怕,只能发出一声叹息,因为它们命定要捕猎和繁衍,不得不无休止地、周而复始地做着这些活计。它们强大的感觉器官检测到了附近有能吃的东西,于是便围在火堆附近叹息,仿佛这样就能把火扑灭似的。

"过不了多久我们就会变成那样:四条腿走路,双手在地上的叶片之间搜寻。我估计冬天快来了。"

"沙漠里没有冬天。"艾娲说。

"肯定有,冬天无处不在。你在指望什么保佑呢?"

另一天,当艾娲深吸了口气,正要发言的时候,艾雅娜说话了。她把埃兰德拥在身前,男孩眼中散出的光芒由内而外把她点亮。所有人都专注地听她讲。艾雅娜一头白发,牙齿脱落,她即使把脸露出,也并没有一张女性的面容可供展示。她正在变成尸体,因此,也许她知道自己在说什么。人们以家庭而非性别为单位聚集起来,静静倾听着,孩子们感到舒适,发出小小的声响。

艾雅娜说:"好好摸一摸你们的拳头,还有下巴,感受一下你们的骨头。这些部分会留下来。几个月以后,其他部分都会被蛆虫、老虎和秃鹫吃掉,只有骨头会留下,干干净净。

我们里面坚持到最后才死的人会把骨架留在地上，因为那时候已经没人能给他们掘墓了。从现在起，你们就可以自称'骨头'了，因为所有其他的部分都会像斗篷一样离你们而去。"

"难道这是埃兰德告诉你的？"

"埃兰德不懂未来。他只知道距离。而我们停在这里，什么也看不到。"

这话带来了难以接受的不安，就像是又有人提议让他们背井离乡。但这次甚至连个计划都没有，也没有假冒的导游骗走他们的钱然后把他们扔下。他们保留着这样的想法：要找个去处，要找个能到达的目的地，这种想法对他们的影响力比水对生存的影响力还大。但是之后，重锤在他们的膝弯处砸下，敲碎了他们的双膝，敲碎了想法。

没有了内心的声音（并非地图上的线条，而是构成希望的一连串喘息对他们密语），他们要怎么去直面饥饿、迷茫和肮脏?

在这地方,他们望着一块石头,就如同看到一座房子;望着一株植物,就如同看到一次丰收。只有极大的确信才能感动他们,因此人们把埃兰德举在头上,盼望着他能改变没法改变的事物——干涸坚硬的土地。

他们听着艾雅娜说话,不带愤怒,因为愤怒也已经抛弃了他们。甚至在狩猎中他们都表现出职业猎手的冷漠。他们只是构成一堵城墙,词语在上面击打,如同孩童漫不经心的游戏。他们甚至没法和热心于解读话语的失聪者相比。

对于徒劳的认知构成了他们的哲学指引。他们最低限度地活着。绝不会去寻找某个因为想拯救他们而丢弃他们的人,或是因为想丢弃他们而拯救他们的人。他们不斗争,于是丢失了斗争,这极大地羞辱着他们,迫使他们忘记羞辱。他们甚至也放弃了所有的庄严和正经。女人们露着脸，头发闪闪发光，胳膊越来越裸露，这些都不是因为艾娲的凶恶才被接受的，而是因为人们像乞丐一样轻慢怠惰，逐渐抛弃了信仰。

艾娲请求艾雅娜开口。她这么做并非出于礼貌，而是为了展示自己的机敏。她指着前额说："你的想法在这里。它们也是我的想法。我知道，没有人说话是因为没有动机。但既然我们没怠慢了谁就能把面纱从脸上取下，那思想也一样能从它的僵硬中脱身。我们在这里没有家，这是事实。这地方不是天堂。它不像天堂一样持久。"

"你得听男人们的声音，"贡西说，"男人们的声音，不是你的声音。"

因为他们停下了脚步，日复一日，所有人都面对着彼此，于是每个人都获得了自己的容貌。带有家族成员相似性的人逐个脱模而出，他们被践踏的情感构成了他们的脸，如此鲜活，就像在惰性物质上工作的雕塑家的双手。而容貌创造了个体。虽然胡子把脸盖住了大半，但男人们终于展现出了自己容貌的细微之处。就像有些传记，里面讲得更多的是想象中的生活，而不是现实情况。因此，尽管存在苦难，尽管他们的审判是严苛的，善意还是在一些人之中产生了。同时也产生了小小的天真的恨，比如对沙漠的恨，其表现是人们会把眼睛眯起来，试图限制视野的宽度。只有年轻的女人们彼此不分。她们还遭受着那份痛苦——让同种类的花无法区分的功能性美丽。但这也不会持续太久，就像花儿不会开放太久。

刚刚说过话的矮个子贡西有一张又小又尖的脸。他的胡子长得不怎么茂密，光可以轻易穿透，在上面留下某种胡萝卜色和令人不适的廉价的光辉。贡西不理会他的母亲和姊妹。在这群付了交通费和导游费，以为会被带去有工作、财富与和平的应许之地的人群中，贡西就像个孤儿一样。他说他要去找一个兄弟。有时他会描述那个地方，还会拿出一张照片，上面是一座蓝黄相间的房子的立面，看起来不像水泥造的，倒更像是铁皮。在人行道上，有几个裹着他们那种暗色衣服的成年人，还有三个孩子，戴着尺寸夸张的彩色头巾。贡西尝试着用这张照片获得权威。照片就好像是对目的地的保障。然而，他虚弱的体格和尖细的声音只换来了蔑视。

为了被看到，贡西得站到石头上。最近，他甚至爬上石头去祈祷。自从他父亲的修车行、他的父亲、他的工作在城市边缘存在以来，男性世界就总是在他面前展示出一项他每天都要准备迎接的挑战。对贡西来说，这个男性世界就是他所考虑的所有,他虽然属于它,但它却总是在细节处躲开他。

贡西在热心肯干和傲慢之间摇摆,所有可能的态度他都含有。事实上,虽然没人发觉,但他吃得和休息得比别人都多。在平时,人们会说他是个有野心的小个子男人。但在现在这种情况下,他就是个坏透了的小个子男人。

他跳着舞,扭转着身体要挤进群体和白天的气氛中。但是群体改变了对法则的评判标准,把贡西扭转回去了。陪伴着他们的土地在地面上逐渐描画出来,像一幅颠倒的星图,标出了界限,每个人都在这界限里面运动着,就算并不优雅,至少也对自己被注定的角色有着完整的意识。甚至孩子们都能在沙子上面看到并不存在的纹路。

人们围出了两个大大的半圆,互相之间离得很远,一个是男人围成的,一个是女人和孩子围成的。还有一条线把塔里克和盲眼老人隔在了营地外面。这是一条并不存在的线，然而却能烧着试图越过它的人，就像诅咒能缓慢地在思想上燃烧它的受害者。

正是这座在他们的脚步下被理想化绘出的建筑像屋顶一样遮盖着他们，保护着他们不遭受最极端的背弃。如果说只有努鲁因为年老就盲了眼，那是因为他用自己目光和思想的框架，把这个他们不明原委的世界里的东西加入到模式完善的家庭世界中。

当艾娲出于不明动机想要成为打破平衡的人物时，人们都站稳双脚作为回应，就像对抗风一样。事实上，拂过他们衣服的不过是一阵短暂的风波，衣服很快就会重获它的重量。

但是从禁城的墙上刮来的强风把他们吹倒了，这风是铁锤，敲打着他们，要把他们击溃，要把未来从风景之上抹去，它抹去了过往的坚定。贡西看到了雄性和雌性的小团体是怎么重获形象的,他们依照血缘法则混合在一起,父亲、母亲、祖父母、侄甥,欢笑得比以往更多,滑向脆弱——欢乐的结果总是脆弱。四处都能看到女人们洁净的头发、嘴巴、舌头和牙齿。曾当过邮差的男人和艾娲对峙过,但却没有引发足够的后果,他现在变成了一个给自己的孩子和其他孩子讲故事的男人,讲着酋长的故事,试图用虚构的残忍让孩子们振奋起来。

贡西站到石头上,他想:"数百年来,我们遵循着完美的模式、两性洁净的相处模式,我们比其他任何人民都聪慧,我们遮住脸和身体,这些部位可能会把我们引向突发的欲望,成为愚蠢的动物。这些人丢失了尊严。这些人堕落了。他们需要一个向导,而这个向导必定会是我。"

于是贡西对着艾娲喊:"你啊,寡妇,做了

两次寡妇，和最神圣的法则对抗，你在自己家里的时候是从不敢这样的，因为你畏惧。女人应该永远畏惧，你，回到你的本分吧。我们会讨论要做的事，不会让你参与。像样点儿吧，把你满是罪孽的皮肤遮起来。"

于是，塔里克穿过了把他隔开的那段距离，禁止的线条已经不再闪烁了。他对贡西说："这个女人有名字。她叫艾娲。我不会默许你这么和她说话。"

"你这个懦夫。为什么要为我说话？"艾娲想。然后她说："我拿起过武器，却没在哪儿看到过你。我拿起武器对抗敌人，结果攻击我们的却是朋友。我想逃去欧洲，他们抛弃了我们，就算这样，我们还在这儿，还活着。到头来没有谁能逃去欧洲。然而一切都被落在身后了。你对我的想法也落在身后了。我拿起过武器。我只接受指挥官的指令。这里有谁能指挥吗？"

贡西看向周围，寻求着帮助，他想做个了结。然而却没有一个人帮他，因为人们都不想离开这给予他们美好幻想的时刻，此刻，他们变成了同一个村庄里的村民，并不想看到村庄存在的暂时性。在这里，谁也不去看谁，他们害怕眼睛会揭露现实。他们只在乎埃兰德的眼睛，然而这孩子却把脸埋在奶奶的肚子上不给人看。

贡西觉得自己在某种意义上已经达到了一个小小的目的，因为他们之前的争论已经消散在了柔软的空气之中。他从石头上爬了下来，艾娲从他身边高傲地走过，耸了耸肩膀，走向冲着她微笑的塔里克："别斗胆来帮我。我不需要你。我拿起过武器。而你呢，你在监狱里出卖了你的邻居。"

塔里克说："那些事已经过去了。一切都

过去了，不是吗？你不是曾经的样子了。我也不是。"

"别来帮我说话。"艾娲重复道。她被骄傲扭曲了形状。艾娲隐藏着她那母狮般的低吼，但却藏得不好。她脸上深色的皮肤里透出一种近乎橙红的颜色，这是即将爆发的另一种天性。

艾雅娜看到了那闪亮的颜色，惊讶不已。她走近艾娲，拽了拽她的胳膊。塔里克用尽全力握住了右拳，颤抖着，没了血色。他说："你们照顾好我的老头子。"然后就转过身离开了，走进了已经可以被轻易分开的树叶中。但那些小小的金色树叶更像是从植株根部被带着恨意走过的塔里克切分开的。

塔里克没有走进多深的树丛，阳光和口渴逐渐打败了他。"他会死的。是你杀了他。"艾雅娜说。艾娲体内的野兽退却了。

三天三夜过去了。就算所有人都可以轻易地忘记塔里克，盲眼的努鲁却不同意。他对着四面八方的微风抽动鼻子，就好像深谙追悼之法一样，就好像他是个女人一样。努鲁不睡觉，也不让别人睡觉。天空展示着它庞大的星星库存，星星都很低很低，它们一张一合的时候带着一种想要交流的激情，向下传递着无法被阅读的符号。人们有的是时间看星星，这对他们适宜。因为他们的所作所为显出要永远住在那里的样子，他们就想表现出这副样子，黑暗帮助着这份错误。然而，努鲁的影子经过，逃开了女人们的看守——事实上，没有一个女人在认真看守，因为她们受到的只有蔑视和粗暴的对待。

年迈的努鲁在根茎上跌跌绊绊，植物的刺挂住他，让他很不耐烦，但为了不丢失营地的气味和声音，努鲁绝不走远。他呼唤着儿子，不知为何，鬣狗回应着他。"他肯定是死了。"努鲁重复着。他那哀悼的嗓音虽然微弱，却唤醒了孩子们。"他怎么会丢下我呢？我的儿子啊，他怎么会丢下我，抛弃我，让我在这些女人手里受辱呢？"努鲁嗅着，他抬起头，又大又灵敏的鼻子吸入着空气，他害怕在微风中探察到尸体的讯息。

第四天，塔里克回来了。他又瘦得和几周前大家都没东西可吃的时候一样。他从树丛里走出，坐到了自己父亲跟前。努鲁一动不动，早在塔里克到达之前他就闻到了，知道他就在附近了。

早晨，人群散开了。因为不知道怎么长时间保存肉食，他们已经不再出去打猎。人们知道丰裕的危险。然而,就算他们决定好只杀一只动物,真到了那时候也没法停住。人们会开始疯狂,和猎物一起摔在泥潭里,落在河床上。他们带回去的东西一周都吃不完。爬虫排成规矩的阵型靠近他们,满怀恶意的小型啮齿动物绕着圈跑,随时要咬穿睡着的人的眼睛。人们却相信且依赖着他们小小世界的稳固,相信肥美的食物资源都等着被弓箭刺穿而死,因为它们知道自己的命运就是如此。

于是,塔里克返回时遭遇的是属于农村的一片平静,而且他一回来人们就对努鲁生起气来。由于儿子的消失,努鲁折磨着其他人,现在又不表现出一点要责备塔里克的样子。就像是一位母亲只想用触觉证实自己,因为触觉比其他感觉错得更少,通过触觉,她才能做出人生中的壮举。

因为没人谈论这事,塔里克未能知道他的

同伴是怎么面对他的消失和回归的。他不知道人们是否立刻就认为他死了，并因此试着对那个令人不快的盲眼老人不那么刻薄。也没有一个人问过他为什么回来，或是问他都做了什么。人们不需要解释。

然而塔里克却想解释。他说："我的名字是瓦利德。现在，我出生了。你们不认识我，我也不认识你们。但从这一刻开始，我们的生命会彼此相连，因为我要和你们一起走下去。看着我，你们里面有人能认出我吗？"

努鲁说："我认识你。你是我儿子。你是我儿子瓦利德，是来代替我儿子塔里克的。他死了。"努鲁不是在幻想。他真的相信那里站着的是另一个人，对他带着同等的善意。于是，人群开始散开，他们的冷漠并非源于疲惫，而是源于在最为奇特的事件面前也不会动摇的福祉。他们愿意接受所有，就算看起来再怎么不正常，只要不毁灭这场能振奋他们的幻象就行。

少数几个人没有立刻走，他们不明白一个人怎么能只是消失一下，就敢声称自己是另一个人，这不但违背了人类智力的法则，更严重的是它也违背了神圣的法则。然而，这些人并不想恶待，更不想驱逐他。他们只是看着，阴沉地看着他。贡西走远了，留下了缺席的印记——一个冰冷的句号。清晨降临，就像所有的清晨一样，如母性的降临，拉开帷幔，发出细碎的响声。事实上，那是越来越稀少的爬虫在树叶间爬行的声音。

艾雅娜展示出她的善意，送给瓦利德一份冷掉了的肉。埃兰德陪着她。他的眼睛累得很，奶奶为他缝制了一顶有着长长帽檐的皮质头盔。但埃兰德目光中的魔力不知怎么迁移到了他的言语中，他讲起了塔里克的故事——想要丢弃名字和回忆的塔里克的故事：

"我从肩膀上把自己的名字扔到了身后,就像有些人撒下盐,想着心和回忆所在的地方能与这盐一起被丢下。但回忆是捕狼的陷阱,心被铁齿穿透,在里面流血,用生命是拔不出那些铁齿的。于是我就不得不遭受属于死者的巨大痛苦,只有当我腐烂了,皮肉里的纤维受一丁点儿力就会破裂的时候,才能脱身。我必是迅速地、令人惊叹地死去,没有恶意,也就是说,没有希望。我必是躺在夜色之中,被恐惧攫住,等候着动物。因为我没法丢弃皮肤、血液、思想,成为蛇,成为能与叶子告别的树,成为某个对人类肉体的浪费,而不会被要求解释的爬行物。我等了三天,不吃不喝。这不是斋戒,因为动机并不纯粹。我只是等着,等着虚弱的进程达到终点。然而我却发现自己活着,我看向天空,充满了骄傲。我是个连死亡也蔑视的人;是个不但身处荣誉之外,也身处生命法则之外的人。"

埃兰德说:"我是孑然一身之人,是父亲,是母亲,也是孩子。我会重生,只要我想,我就能无数次重生。我是蛇。我不会忘记,而是强迫别人忘记。我的名字是瓦利德。我会把傲慢的记号扛在肩上,就像之前扛着让我难以呼吸的耻辱。"

埃兰德说:"几乎可以断定,没人能从这试炼中活着出来。然而我实现了自身的奇迹。确实,死亡不想要我,我要变成死亡的首个反对者,变成它的反面。"

没几个人听到了这番话。瓦利德不想任由自己被那孩子可怕的能力吓到。这份能力超过了他自己的能力。瓦利德温柔地移走了努鲁抓着他衣衫褴褛的腰部的手。骄傲进入了他的骨头、他的肌肉，扩张着它们。假如瓦利德面对太阳而立，他的影子就会像火山喷出的岩浆一般在地上移动。瓦利德，他就是火山，是一片被极度扰动的自然。

埃兰德离开了奶奶，和瓦利德一起走着。瓦利德只想找块石头倚靠，暂时摆脱新的力量带来的重担。埃兰德走到他前面，让他停下，这孩子侧着头，用灼热的双眼贯穿了他，说道："我想让你做我父亲。"

瓦利德微笑道："我从没留意过你母亲。我都不认识她。"

"现在所有人都互相认识。女人们都有面孔了，也有名字。我母亲叫作米莉安。"

"昨天，我没有母亲就出生了。"瓦利德说。

但埃兰德笑了，他知道这是假的，瓦利德没有出生过，他只是变了。"你是个骗子。"他说，"我也是。"

苍老的妮娲想说话，却说不出来。她用尽全力要开口，几乎和死亡的力量一般大。妮娲已经没法从床上起身了，她独有的丰富智慧与排泄物一同滑落在地，连她自己也和腐烂的植物残渣混在一起。妮娲出现在人群中的时候没有家人，但现在所有人都表现得像是遭受了巨大的损失，足以为此哭泣一样。

人们害怕秃鹫会来，当一具肉体中生命的含量达到最低时，秃鹫就会来。很多人都这样留在了路上，但是苍老的妮娲没有意识到这一点，她说服了人们，说自己已经和不死做了交易。根据交易，如果妮娲最终还是死去了，令人喜悦的丛林就也会逐渐死去，所有关于庇护所的信仰也会死去。因为沙漠里的河和沙漠里的花朵一样，没有源泉，只是地质学对抗自身法则的恣意妄为。流水翻滚起伏，某天早上就会不再美丽、透明。它会变成泥水，拖曳着同样充满活力的残骸。如果花些力气，就能分辨出哪些残骸属于动物，哪些属于灌木。但人们反而是用力不去看它。

然而中了毒的河流还是固执地坚持着。生长着丛林的腐臭大地也坚持着。它们早晚会说服人们，艾娲和艾雅娜之前试图告知却徒劳无果的事情都是真的。妮娲并没有做出将死之人的举动，把看不见的东西扯向自己，她一直摆着手示意人们离开。她与艾娲的感情已是十足深厚，只用一个眼神就能让她留下。

因为小拉米是男孩，便被隔在了出生和死亡这些家事的痛苦之外，他绝望地四处走动。女人们想给他递些吃食，小拉米却因她们的关心照顾而生气。于是,瓦利德走到他身边,说道:"我要做你的父亲。"小男孩抬起黯淡的双眼看着他,没有力气恼怒,只是回答:"随便你。"瓦利德把手放在了他的肩上。

埃兰德在远处看到了收养的一幕。他看到自己想要的父亲逃离了自己。假如他的目光带着愤怒,完全可以把那两人烧着。但所有的时刻都苍老且空虚,空虚得一文不值。人们那么多次请求他,想让他在地平线上望见一处能当作祖国的东西,然而他却无法抚慰他们,他的年龄不足以让他编造出牢固的谎言,甚至连喜欢幻想的盲眼老人努鲁也没有来帮他扯谎。

"属于家庭的时间结束了。"埃兰德想。他只是个小男孩,泪水从他的脸上滑落。

战斗中的舞者

妮娲的血已经稀疏得像细雨一样,当这血液最终停止流动的时候,在被腐蚀的树木中流淌的汁液也随之停止,河流也随之停止了。那时,最后一只羔羊的后腿在弓箭下蜷曲。长着羽毛、皮毛和鳞片的动物都不再出现。除了不能再进行渔猎活动之外,鸟鸣声也听不到了,曾经大地会在这群毛茸茸的生命下面跳着几乎不可察觉的舞蹈。遥远的天空和沙漠还有颜色——沉痛的蓝色和金色,人类的瞳孔却不在意它。除此之外,一切都变成了黑色,心脏在胸腔的黑暗中盲目地跳动着。

人们十分小心地安葬了妮娲几乎不存在的身体,他们从没有用过这么长时间为之前的死者下葬，而这次，他们深深地掘下去，然后在坟墓上垒起石块。之后，人们相互对视，既然葬礼已经完成，那么是出发的时间了。艾娲说："假如你们之前听了我们的话，旅行本应是准备好的。现在我们没法储存水，动物的皮都被虫子咬烂了，湿淋淋地掉在地上，也没法拿来做鞋。等我们把储存的肉食吃完，就没有东西能吃了。"

"得让埃兰德和努鲁给我们指条好路。"贡西说。贡西之前一直没有说话，所有人都惊讶地看着他，像是看着一个新来的人。艾娲继续说道："我们要沿着河床往水源的方向走，这是动物的做法。而我知道怎么像动物一样思考。"

"努鲁怎么说？埃兰德又怎么说？"贡西坚持问道。然而，盲眼老人和目光能穿透事物的孩子还待在坟包旁边，像是在留下最后一次抚慰。他们俩都对指路不感兴趣。他们是有些话能说，但肯定没人想听。

整队人都处于一种易于认同的精神状态，因为在精神弯腰放弃抵抗之前，他们自身的腰就会先弯下。每个人都只想被引导而已，只要引导方式体面，能给予他们被认同的幻象，只要这幻象呼吁认同而非反对。

他们收好了仅有的些许东西，便出发了。行进方式和之前并不一样。现在他们不再按性别彼此分开，也不再区分年龄。孩子不再抓着自己母亲或奶奶的腰，因为幸福的日子给出了一种证明——别的血脉也可以信任。

恶臭的河床充作道路，它是道路，地图上唯一被画出的道路，在另一种意义上，地图并不存在。艾雅娜看了看四周，看到贡西在照顾自己的孙子。她很清楚这男人喜欢奉承，也知道如果他把埃兰德叫到他的身边，用他发明的漂亮话吸引埃兰德,肯定是因为他在试图利用埃兰德。他会侍奉埃兰德,从人们给他弄来的吃食里能偷多少就偷多少,因为埃兰德是这些行者唯一的财富,贡西想把这财富拢在自己身边。

儿媳米莉安无声地对她发问。"孩子和男人待在一起挺好的,"艾雅娜说,"就算是像贡西这样软弱的男人。时候到了,孩子自己就会对他背过身的。孩子什么都懂。"

艾娲也在等儿子,她的儿子和瓦利德在一起,耽误了上路。艾娲也想说服自己,拉米长得比那些在和平时代长大的孩子都快,比起女人,他的生命中更需要一个男人。她憎恶不再谨小慎微也不再阴郁的瓦利德,如今他的微笑里凝聚的全是冷漠。但他曾是条蛇,这条蛇就处在他神秘的变身之中,因此艾娲对他保有某种敬意。

终于，两个人不知道从哪里跑来了，带着自己的袋子、弓箭，还有肯定是用中空的树干做成的罐子。拉米以往总是黯淡的双眼闪烁着，然而却不是在寻找母亲。"我是一头野兽。"艾娲对自己说。到了某个时候，野兽就会对自己的幼崽弃之不理。会有办法做到的，但艾娲还是感到自己的整个身体都和孩子连在一起，她觉得是瓦利德抢走了拉米。

河床有时会被不驯的沙覆盖,完全消失。但在小埃兰德的眼睛和努鲁鼻子的侦察下,人们迟早能找回灰扑扑的、毫无用处的枯水河床。不过,就像被镶嵌在现实中因而也变得真实长久的幻景一般,这里形成了小块的湖泊,它们被囚禁在像水泥一样坚硬的土堆之间。行者们在这里过了几夜,和矿石般闪闪发光的蛇一起沐浴。

他们已经学会了不被快乐的巫术迷倒,只是产生些微幻觉罢了,这幻觉近于无,只够让女孩们在黄昏降临的时候随着瓦利德和拉米的鼓声跳起舞来,鼓声盖过了沙漠里恐怖的声音。曾经支撑他们,也支撑过去千百年文明的道德信仰被遗忘了,被葬在了那些充满考验、饥饿和恐惧的日子里,那些确实伟大的日子里。男孩们也加入了舞蹈,而成年人则平静地坐着,因为对他们而言,舞动的头发如今能激起的欲望和羞耻已变得驯顺且无谓。

  他们很少祈祷。几乎不祈祷。他们并非背弃了信仰,只是当下不在他们身边的一切都仅在生活恢复正常后才会被重拾那份亲密。毕竟需要很大的想象力才能构想神明,而想象令他们悲伤。

埃兰德扯了扯努鲁的袖子,让老人家尽可能地弯下身,然后和他说了句悄悄话。于是他们坐了下来,相互倚靠,像是爷孙一样。贡西痛苦地待在一步之外,似乎是受着嫉妒的折磨。他走近埃兰德的母亲,说道:"女人,你儿子和那盲眼老人做什么呢?"

她看向贡西,但并没有用女人被教导的那种看人方式:"我有名字。我叫米莉安。你是谁?凭什么问我问题?"她本不该纵容自己带着这么大的敌意回话。事实上,米莉安之前从没有对等地和男人说过话,所以现在不知道该用什么语气。贡西发现她的双眼几乎和埃兰德一样闪亮,泛着金光,他觉得她很美,这份美似乎是被浪费了。

人们说,贡西的动机是要获得埃兰德的青睐,虽然埃兰德从未愉快地接受他的陪伴。但这是贡西平生首次把一个女人看作独立个体。这让他没法继续质问下去。而且,他莫名地害怕埃兰德。贡西再也不花工夫笼络埃兰德了。他变成了一个没有计谋的男人。

但大家都注意到了老人和孩子头挨着头。所有人都认为他们是预见到了路上有什么在等待。但两人都决定不说什么,也许是因为他们看不清细节,也许是因为未来太过残酷,让他们更想独自承担。

新的一天来了。之后又是一天。平原确实终止了。远处矗立着一座山,像是一座泛着紫色的堡垒。它的颜色和散发的气味告诉了努鲁和埃兰德,很快就会有东西出现。

行者们看到了那片投在天地之间,把世界劈开的阴影,他们都没有急着上前。之前那座拒绝接纳他们的城市在他们心中咆哮着,就好像远处的巨物也准备咆哮,要在火焰中倾吐它的语言。

所有人都避免相互面对,他们耻辱地垂下头,这是一种神秘而无动机的耻辱。他们沿着河床行走,专心致志地盯着它,像是河床里有圣书似的。因为害怕答案,没人敢问埃兰德知道什么。人们都不想把未来的思考提前。他们的大脑比动物的还要简单,即使这样,也还是能寻找庇护,储存食物。他们熟知经受饥饿之苦的流浪者的快乐。他们练就了一颗流浪者的心,人类的价值折磨着他们。然而,他们还是前行。除了前行还能怎么办呢?

这里只有层层叠叠的石头,黯淡的红色的

石头，像是沙砾却又很坚固，吸收着光线和水汽。河中的水就是从这里来的，也是在这里干涸的。河床变窄了，在低洼处形成了一口小小的井，够让人们装满水壶。

他们看到了几丛十分细瘦的草，其细瘦的唯一原因是要避免水分蒸发。它几乎是刺的形状，但却没有仙人掌类植物的内里——沙漠中不驯的鲜活肉质。之后，他们看向上方，不仅是好奇，而且是疑惑又着迷地尽可能向上看着。但能看到的只有一团微微倾斜的隆起物，大约有四五层楼高。它一直延续到视线的尽头，像一只长着鳞片的动物，无法度量。

瓦利德说：“我爬到上面去看看。”

于是，埃兰德说：“你什么也看不到的。从另一边下去也是沙漠。”

“你还能透视吗？”人们问道。但他们都没有怀疑。

"那我们就沿着它走吧。可以走在它的阴凉里。"艾娲说。

那座山的某些特质让他们害怕。是寂静。什么也听不到。这也许是冬季到来的预告，它让河流缩进了深渊，又用冰冷的水汽劝走了动物。

努鲁说："山不算什么。只是大地的愤怒罢了。我们不用管它，它也不会管我们的。"

贡西问道："山里会有人吗？"

"闻起来没有人的味道，"盲眼老人回答，"闻起来什么种类的肉味儿都没有。"

他们沿着那座吸收一切却又一毛不拔的山前行,这山唯一显见的作用就是让他们不得不改变原路,拐个弯向左走,享受着意料之外的阴凉。

他们又一次挨着饿行路,嘴巴干得连空气都难以通过。孩子们不理解为什么幸福的日子会结束,他们哭着抓挠自己的脚,把伤疤都抓裂了,水分随着血液一同流失。有些女人想把孩子从地上抱起来,但她们太虚弱了,孩子的重量让她们直不起腰。跑过去帮忙的人动作粗鲁,后来就没人跑去了。不是因为他们缺乏怜悯,正是怜悯让他们绝望,让他们变得脾气暴躁。

自从每个人都有了名字和面容，有了理解其他人情感的能力以后，他们就变得脆弱。他们已经变了太多，甚至连记忆也没法把他们带回老家。他们想起了丛林，当夜色降临，伤痛也想要入梦之时，他们就回到那里。是丛林把他们团结在一起，比其他任何事物给的都要多；是丛林给了他们一个家、一个家族；也是丛林的消逝让他们获得了共同的悲伤。他们一旦开始去爱，也就开始憎恨那些让他们变得脆弱的感情。

努鲁又开始了他美丽的讲述。他对瓦利德说："我的儿子，去从那块软石头里挖一顶王冠出来，让我当一次国王吧。"于是，努鲁坐下来，开始胡言乱语。他说前面不远处就有果园等着他们，里面的树都镶嵌着红蓝宝石，树干是金子做的，叶子是绿宝石做的，果子又大又多汁，一年要结十二次，而且人一伸手去摘，果子就都会往手的方向倾斜。艾娲看着瓦利德，说："这故事太折磨孩子了。"是饥饿让这种故事变得残忍。

"我很快就会闭嘴了。"盲眼老人说道。所有人都心生怜悯。他们本能再往前走一些的，但却都不走了，努鲁于是继续说下去，那一晚，幻象充作他们的晚餐和祷告。

后来，努鲁是闭嘴了。大家猜得没错，早晨的时候他已经死了。

人们举行了可怕的仪式，他们抓花了脸，扯乱了头发，把脱了形的尸体高举起来，像是要让它起飞一样，把它从令人窒息的土地那儿抢走。之前妮娲并没能让人们这样吊丧。努鲁是他们的第一个死者。

努鲁的死似乎比普通人的死要重大得多,人们用红色的石头围在他的坟墓四周,刚一出发就看到了那堵长墙的尽头。墙缓缓地降低,然后像液体一样把它的颜料泼洒在地上。

那里一定正刮着强风,因为有洁净的玫瑰色尘土在飘扬。要想保持双眼睁开并不容易,那块地面就像是碎裂的玻璃,也像成堆的钻石。于是人们都绝望地停下了。艾娲拉住了瓦利德的胳膊。除了两任丈夫之外,她以前从没有碰过其他男人。但瓦利德和她的儿子就像共生体一般走在一起,艾娲强拉住瓦利德的时候,拉米也停了下来。

在他们身后,寂静是有体积之物,是武装

之物，在寂静中，人们深深地呼吸着。"没有路了，"艾娲说，"那地上都是刀片，会把我们的脚割伤的。"

"那是盐，"瓦利德说，"但确实有可怕的杀伤力。"

埃兰德不见了。艾雅娜在阴影中找到了把自己藏在斗篷里的孙子，叫他的名字他也不露面。"我们需要你。"她说。那孩子自顾自沉浸在哀悼里，他害怕自己双眼的光芒与风景的光芒碰撞的时刻。他听着灾难的心跳，就像死亡之地上的乌合之众。于是，埃兰德对奶奶说："让我一个人待着吧。"他隔着布料用手揉了揉眼皮。艾雅娜想，没必要折磨他了。他看不到人们想让他看到的东西。

艾雅娜一言不发地加入了其他人。她茂密的头发曾经雪白，现在却泛着和砖头一样的橙红色，因为她睡觉的时候靠在了石头上。这是人们为努鲁开掘的墓穴的颜色。比起等待着他们的残酷的雪白,甚至连关于坟墓的回忆都显得幸福。

人们从没有被面前的东西这样吓倒过。他们了解沙漠的恶,但却不了解那灼人的光所具有的恶。盲眼的努鲁不在了,而且埃兰德也残酷地不再说话,他明明能看到,却不想看。

于是,贡西靠近米莉安,坦白说想娶她为妻。"你想要的是我儿子,还有他的能力。现在我们都得死,你又为什么要娶我呢?埃兰德不会说话的。你说服不了他。就算我让你做孩子的父亲也一样。"米莉安说。她依然保持着高傲。在她身边,贡西显得瘦小且不值一提。所有人都明白,他已经失去了一切声势和排场,而且他害怕,他从来没有这样害怕过,这份恐惧不饶恕勇者,也不饶恕心怀诡计的懦夫。它会让人去寻找想要共同死去的人。于是米莉安走到了依然裹在斗篷里,坐在阴影中的儿子旁边,然后小心地让婆婆坐下。贡西看着他们,就好像这小小的群体是属于他的,是他在保护他们。

艾娲转过身看着行者们。在这些人里面,她看到了自己的民族。

她看着自己的民族。他们扭动着身体,却是为了跌倒,他们逐渐失去直立性,把脖颈和灵魂都送到屠刀前面。这仿佛是一场游戏,其中有力量之间的争斗,而人类的小队则肉眼可见地倾向于对他们自身不利的一方,依赖着它,就像依赖食物、气温,还有脆弱的皮肤外壳。是皮肤保护着血液,不让它因为刀或荆棘最轻微的戳刺流淌出来。

艾娲对瓦利德说:"多渺小啊,可怜又渺小,颜面扫地。他们是一张将会被饥饿撕裂的网，千疮百孔。但也不知道为什么，我要让他们站起来。"

瓦利德微笑道："这就是野兽的法则。如果其中一个摔下悬崖，其他所有的都会摔下去，就和山羊一样。纯粹是因为受到暗示罢了。"

于是艾娲拍了拍手，说："就算我们没法横穿过去，也肯定能绕过。即使要花些时间。这只是一大片盐而已。埃兰德受不了这么强的光。所以他像个盲人一样把自己裹着。我们知道怎么照顾盲人。"

人们呻吟着，抱怨着，像是在清晨被惊扰的一群懒汉。瓦利德用力打着鼓，拉米以属于孩童的速度，谜一般地忘记了之前的痛苦，他模仿着自己的父亲。拉米并没有请求准许，就对瓦利德叫爸爸了。"爸爸"是他掌握的词语之一，而且他觉得这个词十分适宜。

战斗中的舞者

能让他们站起来的只有巴图克乐舞①的音乐。人们穿上了破破烂烂的衣服，拿起包裹，把空出的手伸向孩子，孩子们一反寻常地接受了。

他们沿着干涸之海的岸边行进，背对着山，为了不显得闪耀，他们像麻风病人一样遮住半张脸。他们是在返回，逐渐丢失了从丛林出发以来的进度。

人们走到了阻碍着他们的巨大盐海的边界处，这时太阳还是鹰的伙伴，是火焰的散播者，又高又可怕。能够直视太阳的时刻还没到，然而到了那时，太阳就不再是太阳了，而是一具

---
① 18世纪时起源于佛得角的一种音乐舞蹈形式。

屈服了的凡躯，因此可以被直视。

干涸的盐海像是因其冷硬和近乎几何式的完美而后悔，于是在结束之处变得肮脏，变成了一条泥泞的地带，微微颤抖，微微发绿，就像不再流淌的河一样，构成了一片抚慰人的空间，即使腐臭不堪。小片的死水泛着铜板一样的光。孩子们踩着水，油光发亮的水逐渐变暗，孩子们笑着，像是眼前出现了集市的幻象。人们听到了小生命蹦跳的声音。泥潭时不时地发出沙沙声。

有些人走进沼泽，试着去抓蛤蟆，沼泽吸住了他们，他们向别人求助。"我们别待在这儿了。"瓦利德说。他不是首领，却像首领一样说话。但甚至连贡西也没有正面反对他，艾娲也没有，其他的男男女女也没有。于是，埃兰德摘下了面罩，这时所有人才发现他是多么俊美，他们又是多么需要他的脸。埃兰德的奶奶说:"别再藏着自己了。"人们的举止让埃兰德骄傲起来,他的双眼残酷地闪耀,与他的威严相得益彰。艾娲也想让自己的儿子得到同样的重视,拉米现在正抓着瓦利德的左胳膊,而瓦利德是被所有人遗忘的人。

埃兰德是所有的希望,这希望已经如此之小,残缺不全,在一系列屈服中近乎磨灭。希望会变成甚至不配被乞求的东西,会变成只仰仗着机会生存的造物,而这机会全都在埃兰德双眼的范围内。

傍晚,有个女人想结束生命。她坐下等死,后来干脆躺下。她说:"我一步都不走了。"这声音是她发出的,但是所有人都把注意力集中在有神力的男孩身上,因为他们脑海里一片空白,无论安慰还是劝导的话语都无法浮现。那女人身上发冷,抖得很厉害,她丈夫把热土撒在她身上,没有发觉自己是在埋葬她。空气的化学成分里似乎含有一种必须要被呼吸的悲伤。

夜幕降临,埃兰德转身面向日落处。他看到的东西所有人都能看到,但是人们已经丢失了某些习惯,他们现在不怎么相信感觉。太阳在地平线上溶解之时并没有展露出以往的样子。它里面有东西在冲撞,把它击碎,一开始人们以为那是群鸟的愤怒,因为它确实在急速地延伸,猛烈地变化着。

但那其实是云。它们以惊人的速度和貌似出于自身的扩张力波动着、起伏着,像烟一样。红色的日光时而环绕着云,做它的装饰;时而给它镶上极细的金边。行者们目睹着那黑暗有力的元素的胜利,它的到来会拯救他们的生命。于是他们说:"我们走吧。"既然黑夜已经临近,他们不会像从古至今的人类一样跟随星星,而是要跟随星星的缺席。

甚至连躺下等死的女人也试图站起来,她丈夫想帮忙,但却因重力而屈服,跌落在她身上,形成了一个扭曲的拥抱。瓦利德拉着她的胳膊,把她架在自己的左肩上。这对瓦利德来说并不吃力,因为他是一条蛇,他那布满鳞片的灵魂毫不费力就能在沙子上滑行。

女人的丈夫转向艾雅娜。他怀着复杂的感情。"那男人把我的妻子抱在怀里,扶着她的腿,触碰着她。他救了她,但他也碰了她。这是罪恶。"

艾雅娜快活地说:"随他去,让他去救她吧。之后你可以杀了他们……这之后。"男人明白她是在嘲讽,但她的训导是真实的。

月亮开始显形，而艾娲痛恨月光。她本可以闭上眼听着脚步声前进的。但是因为瓦利德抱着那个濒死的女人，她就不得不照顾拉米。小拉米比起往常更加阴郁。他粗暴地拒绝所有碰触，仿佛他的皮肤一被碰到就会痛。他没法转向自己的母亲。

夜晚的土地看起来十分柔软，像羽毛一样，但是脚还在继续痛着。瓦利德停下来了。他转过身，用眼神寻找着艾娲。即使是在黑暗里，他们也能相互理解。最终，当土地、空气以及四周山丘的形状都时不时被照亮，黎明被跨过之时，瓦利德把女人的尸体放了下来，她在夜间就已经死在了他的肩头。这个死去的女人是那翠绿鲜活的世界的大门。

在给女人掘墓的时候,人们看到了根,还有粉色的盲眼小动物。在把女人放下后,人们都知道她立刻就会被吞吃。因为云把他们带到一个生机勃勃的地方。在美丽而易逝的丛林之后,在带有坦诚的恶意的沙漠之后,他们到达了丰饶之地,于是一个个都十分惊愕。努鲁所描述的一切,他脑中那疯狂的艺术,居然就矗立在他们面前。

遍地的树都斜向同一个方向,它们就像财宝一样,类似卵石的小小叶片亮闪闪的,但却是一副要坠落的样子,几乎要坠向右边。有人觉得它们身负指路的使命,因为这些树都生机勃勃,不像是能被什么东西推到地上的样子。人们往果园深处走去,发现自己是被善意的谎言攫住了,努鲁的梦把一张透明的薄纱从风景的上方撒下,撒到他们的眼睛里。这张纱的上面满是扭曲的画作，在一段时间里，它阻碍了碰触。

他们的面前确实是一箱未被精心照料的珠宝，远处全是植物，其他三面被山丘环抱。树木被高高的野草缠绕，但还是安然矗立着。

太阳被水汽构成的组织分裂，已经不再是那个迫害他们的太阳了。低矮多云的天空中，日光轻柔地洒下来，它有着肉桂和向日葵的颜色，有着藏红花的颜色。而果园中的叶子和果子在那光下都显得坚硬，如玻璃一般，展示着健康和抵抗力，像是要为生命做出例证。

在四周尖尖的山冈上，稠密的花儿形成了波浪。花的颜色都那么浓重，警示着它们可能有毒。然而，一缕小溪从山坡上优雅地流下，没人能拦住孩子们向着那边奔去的急切步伐。人们已经不会在尝到好处之前就相信某个地方的善意了。而且即使他们确定了这份善意，也不再相信它能持续。但他们没法阻止孩子的奔跑，也没法阻止自己的心变得愉快。

在平息了饥渴之后，小瀑布的优美声响愈发诱惑着人们认为自己已经到达目的地，行者们在草地上安顿下来，并不害怕潮湿会带来的疾病，毕竟他们都害着干燥的病。他们好不容易才生起了火，但都觉得不该为此抱怨。当火焰终于在枯死的树干上燃起来时，夜幕降临了。这里天黑得很早。

人们在歇息，但也怀揣着舒适的丛林给他们的教训，随时准备起行。他们把孩子放在膝头，相互之间久久地说着话。奇怪的是他们并不觉得这样奇怪：男男女女都露着脸，火光在他们脸上跃动，像舞蹈一样，这些脸上满载着某种伤痛，迫使他们极度理智。他们一个个都像是被战场上的漫长冬天搞得瘦骨嶙峋的将军。

所有人都在对该做什么发表意见。人们不知道自己的话有没有说服力，对提出论点的言语技巧也毫无经验，他们的声音构成了一场略微颤抖、略显激动的合唱，其中男人和女人的嗓音混在一起，但又有着些许不同，这是以往从未出现过的。他们所有人都有着相同的历史、相同的祖先和相同的担忧。在米莉安同意接受贡西之后，甚至连贡西都变了。但埃兰德却不把贡西当作父亲。他想要瓦利德，如果这行不通，那就谁都不要。就算是在这样的情形下，贡西也为自己赋予了价值，他那实用的智慧建议他妥协。有一天他会变得比现在处于高位的人更高。但当下他处于危险中，未来的日子也都处于危险中。于是他保持沉默，平静地和人们一起等待着。

瓦利德和艾娲也不再争吵。野兽和蛇退居身后，闭上了它们金黄的眼睛。他们几乎调出了和平的配方，而和平总是人工的。集体利益和个人利益相同——这是自然中的特例。但人们都不想思考哲学，因为他们既没有这个时间，也没有这个心情。而且所有人都痛恨怀疑，怀疑就像一条看守他们的狗，没有任何用处。人们爱这份和谐，并不害怕它的持续时间会很短。毕竟他们都受够了恐惧。

米莉安说:"这就是盲眼的努鲁看到的东西。我们正在努鲁的眼睛里。也许他想告诉我们的就是这个地方。"但话语想表达的并不是这个,没人提出要留下。当果子不再有的时候,丛林的噩梦就会重演。

艾娲说:"也许禁城的守卫骗了我们。也许欧洲就像我们一直想的那样,确实是个好地方。"

"也许欧洲根本就不在那儿,"瓦利德说,"因为说到底,欧洲是什么呢?"

于是有些人说起了自己或亲或表的兄弟姐妹还有叔叔阿姨们,他们住在四处是荫蔽的城市里,城里的路仅仅用作通道,通过的人还要走得很快,不是因为害怕,而是因为人们都被激活了一种奇怪的赛跑机制。"他们身处和平,却跑得和在战争里一样快。但并没有战争啊。"

"所以他们才不想要我们。我们总是停下。我们会带来损失。我们停下来祈祷。我们有习俗。"

"他们没有习俗吗?"

"没有。他们都丢弃了习俗。是我表哥尼玛尔说的,他和我打电话的时候这么说来着。我们要去那边找他,他就提醒我们。问题在于我们要待在他们之中。他们都是好人,但却想发号施令,想对我们的生活指手画脚。尼玛尔说,他们看着我们的时候目光是坦诚的,但如果仔细观察就会发现,他们脖子上的汗毛都立起来了。"

"动物性总是在后颈上出现。"艾雅娜作证。

由于他们过着同样的日子,有着同样的担忧,经受着同样的艰苦,便都落入了身份认同的陷阱里,这张环绕着他们的网有时缠得比情网还紧。人们在火堆上烤着红色外皮的果子,巨大的果子肉质丰富,沉甸甸的,像面包一样。在他们之间没有偷窃,没有吝啬。他们甚至不再记起男性主导的等级制度。唯一被接受的优先制度基于年龄,仅此而已。当这一制度也被抹杀的时候,他们就会变成完完全全的欧洲人。但他们并不知道这些。

他们带着决断睡着了,这些决断像梦一样把他们轻轻摇晃。早晨,人们和埃兰德一起爬上了最高的山冈,虽然埃兰德什么都没有看到,人们还是要他做出预言。在太阳的引导下,埃兰德本应远远地看向北方,看向那条从未被阳光照亮的地平线。人们继续寻找着大海和海的彼岸。

比起计划,人们更需要一份希望。而希望则要有个名号。他们编造不出这个名字,但它存在。它叫欧洲——理想之地。毕竟在这世界上,没有另一片土地或是另一个名字能让他们投身,能让他们鼓起劲来重新上路。

大家都无视了守夜的瓦利德,直到他最终像个孩子一样累倒在地。人们是被埃兰德的光辉唤醒的,这份光比黎明的光更强。他的目光淹没了道路右边的山坡,造出了惊人的场景。在东方,天空显露出它的苍白时刻,但并没有人发现。和人类出彩的灿烂相比,规律的自然无法唤起注意。埃兰德从未把他目光的力量——这天赋的光芒——提升到如此极端的强度。

山坡好似一张巨大的宫廷地毯,染着丝质的、不亮眼的颜色,之后人们才发现这地毯上有两个焦点,一个源于埃兰德的目光,另一个则是火把的光——高处有个男人手持着火把。

随着火光的移动，崎岖的地形、植物和石头都波动着，就好像在埃兰德和那男子的身影之间有微风穿梭一般，或是有一只寻找平衡的巨鸟。

人们等了一会儿，足够让大脑从困意中完全走出。毕竟对他们来说，要把这个比梦更不真实的黎明场景移入脑内并不简单。艾雅娜问她的孙子："你看到什么了，孩子？你看到什么了？"

男孩什么也没有回答，他在难以认知的神奇事物面前僵住了。但地球转动着，人们也和它一起转动，美好的早晨到来了。阳光洒进山谷，拖曳着，然后升起。在洁净柔软的光下，名字和事物再次契合。拿火把的男人在蓝绿色的背景上形成剪影，他举着的火焰只是颤动了一下，轻微的视觉效果而已。

埃兰德疲惫地揉了揉眼睛。没有人知道那一晚他看到了什么。在白天，他只是个孩子，和其他孩子一样,觉得自己合上眼就能消除世界。而且成年人不再把他视作必要。他们就算把他带到山顶,也没法让他看着广阔的土地说出"大海就在那儿"。

山顶上是拿火把的男人的身影。人们面对他,被长途流浪所消磨的他们像岩石一样一动不动,像岩石一样耐心。男人终于动了,他把火把掉了个个儿,在地上熄灭了它。这一动作捕获了一缕阳光,从男人身上发出的闪光属于金属,而金属来自武器。

行者是岩石,所以他们有着十分坚硬的内里,面对这份实在的、物理的和人为的危险也毫不颤抖。光亮勾勒出男人的轮廓,使他的身形变得俊美,这是一位战士的身形。他戴着黑色的头巾,遮着半张脸,摆出胜利的姿势,唯一缺了一把弯刀,被枪上的刺刀所代替。

人们谨慎地转动肩膀,发现在山头上出现

了其他身影。一个个都平静但充满威胁。他们用眼神询问着彼此。他们的脸都十分苍老。

于是，出现了一场降生。

像石群一样的人们，其生命迹象微弱到无法被辨认，而从他们之中走出了一个满身光辉的人。那是拉米。

他谜一般地突然长大了。也许是艾娲偷偷喂给他的奶水让他长出了致密修长的骨头。穿了很久的衣服遮不住他的胳膊和腿，大半都露在外面。

他突然用手推开身边的人，开辟出一条自己的路，以绝对的重音对围着他的人们呼喊。他的嗓音还是个少年的：

"我说，我是三个男人的儿子：我父亲、我父亲的兄弟，还有变了身的瓦利德。我是女人艾娲的儿子,她在背上自己的幼子之前,就背上过步枪。我有弓箭。所有人都有弓箭。如果没活过多少年的我都能和你们对峙,那你们足可以想见正当年的人会有多英勇。如果我没法等着成为战士的时间到来,那我就把时间叫到自己身边。而你们呢,你们不是男人,也不是女人,甚至不是孩子。你们是懦夫,用懦弱武装着自己。"

这挑战的声音更像是街区里少年间的争吵,与当下的场景并不契合,因此令人动容。植物吸收了声响,有那么几个瞬间,周围的一切都飘浮在虚空中。行者们想,接下来他们会开枪的,艾娲跑来挡在拉米身前。很快,他们就重整了身姿,变成了为给属于游牧民的祖国唱出赞歌而多次排练的合唱团。

但高处的男人们也早已排练好了自己的舞蹈。他们开始下山,靴子扬起灰尘,却并不像杀手那般急促。那是七个全副武装的灵巧男子，都骑在鞍上，和祖辈相较无二的优雅骑术给予了他们一种荣耀的气质。

他们走近了。在山谷中交汇的寥寥几片云彩与太阳斗争着，显现出他们的表情。他们的表情明朗中带着一丝阴郁，双眼和从不松开枪柄的双手则不停地移动着。但也不知道是出于什么理由，他们都噙着笑意。拿火把的人终于开口道："只要拿出武器给旅行者看看，就足够吓到他们了。足够。我们总是给他们一天一夜的时间，然后用武器威胁，他们便逃。有时候，光是火把上的火焰就能把他们吓破胆。但是你们用光回应了我的光，用一个小男孩的声音回应了我们的武器。你们是值得一提的人。"

行者们没有放下警戒，但出于一种不太慎重的骄傲，他们都不自主地挺了挺胸。虽然人们迫切地想接受那些男人似乎在提出的休战，但他们知道步枪有多么喜欢自己发射子弹时的声音，要控制住它的冲动又有多难。

当他们听到男人们黑色的面巾后面传出的笑声时都十分惊讶，连死亡都不会让他们这么惊讶。这对他们来说已不是熟悉的声音，已经超出了他们的见识，无法被很好地解读。但男人们先是让枪托立在地上，然后完全把枪放了下来。拿火把的男人说："我们没有武器了。你们可以远远地用弓箭把我们射死。我们早就用掉了最后一颗子弹，剩下的只有恐惧的灵魂。不是恐惧，是存在于灵魂中的恐惧的灵魂。这就足够让我们赶走所有从这里经过的旅行者。因为食物很少，庇护也很少。"

"我们了解沙漠，"艾雅娜说，"也很清楚这里一切都缺乏，美好的水果腐烂得很快。我们清楚。我们并不是想留在这里，而是要去欧洲。你们可以继续搞你们的恶作剧。"

男人说:"欧洲不想要我们。现在它甚至也不想要那些想要我们的人。没有路能带我们过去,而我们的计划从不中断。"

"我们需要应许之地。没人能离开它而活。"

男人指着艾雅娜未加掩盖的头发,换了个话题:"你的脸露着。"

"我们所有女人都露着脸。"

"如果你们想和我们待在一起,就必须服从法规。"

"我们想留下,但不会遮住自己。"艾娲说。瓦利德向前走了一步:"我们想留下,但不会服从。"

"你是害了沙漠的狂病。"男人喊道。他很愤怒,用眼神寻求着同伴的支持,但同伴却没有回应。他们都没准备好面对无人死亡的冲突,其技巧只在于口舌,能撕裂最为强烈的思想。他们也没有多少信仰。对信仰的缺乏就像是经受了曝晒的肉体缺乏盐。他们知道,没有信仰就会变得更脆弱,游移不定,没有支撑。假如回到正常生活,他们就没法重获几百年来让他们感到支持和防卫的武装了。疲惫抓着他们,像一条巨大的牧羊犬,牙齿上满是口水,弄脏了他们,让他们无动于衷。

行者们并不理解这样的善意。他们也看着彼此,抱有两种不太可行的妥协态度。

进入山谷时出现了另一个男人,人们的注意力转向了他。"努鲁!"米莉安叫道。

从远处模糊地看,他确实很像努鲁。头发和胡子都是雪白的,还有他把脸转向上方的样子,也属于用气息引导方向的盲人。其他人急忙走到他跟前,和他密语了很久。"我们要依靠的就是他。"贡西说。他还是那么敏于探查力量关系,这样的天赋在面对人类时有其用处。因此,人们毫不惊讶地看到老人带起了头。

他确实是位无比高大的老人,和努鲁相反,他保持着自己的身高。散露在外的美丽长发叙述着一段权威的生平。他并非盲人,虹膜还十分明澈,颜色也十分浓重,但也许他更相信别的感觉。他走到近前,一个个地直视着他们。然后说起了刺痛他们的话,就像一位大师鞭策他的学徒。他指责他们弯着腰,几乎要四脚着地了。所有经过这里的人一看到步枪都会逃跑,不自知地弯下身。

瓦利德说:"看清楚。我们没有逃跑。通过重重考验,我们学到了要把身板挺得更直,不要跌倒。你的人没告诉你吗?你是谁?"

"我是老鹰伊吉德尔,"老人说,"我是一只耗尽了双眼的老鹰。我看到过沙漠崇高的词语。它们在燃烧。我却不会读。我们丧失了宝贵的词语,只能抱怨,只能受战争摆布。没有学校。没有人在一个地方久留。就算空气平静,我们也不平静。因为空气是陷阱的巢。如果我们看向天空,那是出于担忧。我们担忧地看着夜晚,看着地平线上的动荡,因为我们经受着对一个战士来说最悲惨的遭遇。就算我们里面有人呼喊，又有谁会听呢？他们都远远走过，像天使一样。确实像天使一样，因为他们用剑带来瘟疫。"

"你们不是战士吗？"

"我们靠着想成为战士的欲求活着。但我们没有武装，只有土地和食物，在山后面还有皮制的房子。我们不过是树叶而已，不过是树叶之间的那声叹息。"

艾娲问道："你们那么高傲地走来，为什么现在又在我们面前这样折辱自己？"

"我们想带走你们那两个男孩。你们如果愿意，也可以一起来。"

瓦利德笑了，笑容有力。他的族人并没有见过那样的笑。他们被他牵着，像孩子一样。瓦利德没有露怯。"奇怪的邀请。"他评价说，然后抱起双臂，做出威严的样子。看不出他有一条胳膊是残疾的。

围在四周的男人们骚动了,他们换了换站姿。然而名叫老鹰的老人用命令的眼神让他们安分了下来。"对我们来说,未来的日子是悲伤的,"他对行者们说,"对你们来说呢?有一个叫欧洲的地方,没错,但它不属于你们,也从未属于过。只有用武力才能把它征服。但我们既没有武器,也没有力量。迫害我们的恶,出在这片土地上。没有哪个外人会来救我们。我们自己赶走了所有来到这儿的人,不管是老人、孩子,还是临死的人。事情就是这样,而且永远都会是这样。"

但你们的孩子带来了某种既珍贵又刺激的东西，就像漂亮的女人和珠宝一样，会把我们变成盗贼。其中一个孩子有光，他能发出盛大的光，把黑暗变得十分美丽。

"我看得远，看得很远，"埃兰德说，"现在我要让所有人都看到。"

"我说话，"拉米说，"以前我从不开口。"

"你用自己的话语把人们变成了绵羊。但如果枪都上了膛，你的话便是徒劳了。"

"据我所知，枪一直都上着膛。"

"你很勇敢，就好像知道什么一样。你冒了很大的危险，但你开了口。我们需要你对我们说话。"

"说什么呢?"

"你要假装我们有一段历史。我们缺的就是历史,"伊吉德尔说,"只有有了历史,我们才能成为一个民族。"

艾娲同情那个老人,还有依靠着他的那些男人,因为他们没有父亲,也没有神职者。营地里一定有正在等待的女人和孩子——守夜的女人和奄奄一息的孩子。于是,艾娲低下头看着地,她明白了自己要留在这里。眼泪涌了上来,但因为她是野兽,所以并没有哭。

故事讲述者的母亲和其他族人也会被照料得很好,当山谷没有被干旱或腐烂笼罩时,他们可以吃果子。当所有人都死去的时候,他们就有一本回忆书了。但这本书不会留下一丝一毫。

而词语,并非尸体的词语,连骸骨都不会留下,留在这沙中。

跋

笛声抵着石头。

被风抛向沙漠的

是桌上

最后的几具骸骨。

秃鹫在饱餐过后

就轮到它

死于缺乏食物。

马儿的骨架像树叶

在地上翻滚。

密实却易折的物质,

玻璃化的钙质，

碰撞，破碎，

碰撞，受伤

随着

这份考验

它几乎是在唱，

它该是在唱，但

没了耳朵，还有声音吗？

没了喉咙，还有哀叹吗？

哦，地中海的马儿，

如水汽一般轻盈，

你们是众水之子女，

如夕阳西下时的大海

那般金黄。

即使被骑跨时，

即使被赶去

屠宰时

也是不可触及的生物。

并非野生,也不神秘:无谓。
以神经和生存的野蛮中枢
相连的眼睛。
为了准备动身
从源泉、雌性和冬季那里,
运送出食物的影像。

这些眼睛不做别的,
不展现一丝表情
也不呼吁什么。什么也不做。
在巨大的球体中
它们拥有一切的终止和开始。
因为什么也不看,
所以什么也不会从它们之中穿过。

它们确实看不到死亡。那些眼睛

走过战斗,就像走过

草原上的绿草。

还带着波浪,

和潮汐的音阶。

他们在战争中舞蹈。肌肉

被精巧地训练过,

也向鸟儿们请教过

像舞蹈家尼金斯基那样高高飞起的秘密。

这些马儿是美的门廊

它们受了伤,却不发出

一声嘶鸣,如此专注,

如此灼热

像是在独自燃烧

但却不想

让任何人听到。

他们不知死亡为何物。
只是短暂地感到失落
怀念那份
背上的重量，
紧贴着腹部的赤裸双足，
磨损的皮质长袍
保护不了的皮肤
还有在粗糙的马鬃上摇晃的
萎缩的性器。

然后他们会以
正确的方式跌落。
安静地，落在尘土中
故事也这样微妙地结束。
而在食腐鸟类的嘴边
某种玫瑰色、珍珠色的东西，

或是腐肉剩余的黏液,

还像丝绸一样闪烁着,

还会颤动片刻。